Lewis Carroll

Alice au pays des merveilles (1865)

Texte intégral, traduit par Michel Laporte

LE DOSSIER

Un récit merveilleux d'humour anglais

L'ENQUÊTE

Alice au pays des images

Notes et dossier
Ludivine Chataignon
Certifiée de lettres modernes

Collection dirigée par
Bertrand Louët

Hatier

Sommaire

OUVERTURE

Qui sont les personnages ? 4
Quelle est l'histoire ? 6
Qui est l'auteur ? 8
Que se passe-t-il à l'époque ? 9

Lorina et Alice Liddel en costumes chinois, photographie de Lewis Carroll.

Titre original : *Alice's Adventures in Wonderland*
Hachette Jeunesse

ISBN : 978-2-218-96661-3

Alice au pays des merveilles 11

LE DOSSIER

Un récit merveilleux d'humour anglais

Repères 146

Parcours de l'œuvre 150

Textes et image 164

L'ENQUÊTE

Alice au pays des images 170

Petit lexique du récit 182

À lire et à voir 184

* Tous les mots suivis d'un * sont expliqués dans le lexique p. 182.

Qui sont les personnages ?

Les personnages principaux

ALICE

Jeune Anglaise de sept ans, elle se retrouve accidentellement au pays des merveilles où elle va de surprise en surprise. Non seulement elle grandit ou rétrécit selon ce qu'elle mange, mais elle rencontre aussi des animaux fabuleux qui la déstabilisent.

LE LAPIN BLANC

De crainte d'être en retard, le Lapin Blanc ne se sépare jamais de sa montre à gousset. Autoritaire avec ses employés, il n'en demeure pas moins terrorisé par la Reine de Cœur.

Les personnages secondaires

LE BESTIAIRE DE LA MARE AUX LARMES : Ce sont une Souris, un Canard, un Dodo, un Lori, un Aiglon qui font une drôle de course avec Alice. Hélas, elle heurte leur sensibilité par ses maladresses…

LA DUCHESSE, LA CUISINIÈRE ET LE BÉBÉ : La cuisinière lance tout ce qui lui tombe sous la main, la Duchesse se débarrasse de son bébé qui échoit à Alice, jusqu'à ce qu'il se transforme en… cochon !

LA CHENILLE

Assise sur un champignon, elle fume tranquillement le narguilé. Elle perturbe Alice par ses questions mais lui indique aussi les vertus secrètes de son champignon...

LE CHAT DE CHESTER

C'est un gros chat affublé d'un sourire jusqu'aux oreilles (au sens propre*). Sympathique à Alice, il se rend visible ou invisible au gré de son humeur.

LA REINE DE CŒUR ET LE JEU DE CARTES

« Qu'on lui coupe la tête ! » vocifère sans cesse la Reine, provoquant ainsi la frayeur de son entourage et du Roi de Cœur qui tente désespérément de la satisfaire.

LE CHAPELIER FOU, LE LIÈVRE DE MARS ET LE LOIR : Ils prennent le thé sans arrêt, persuadés que le temps s'est arrêté à cinq heures, l'heure du thé. Ils sont fous à lier.
LE GRIFFON ET LA TORTUE FANTAISIE : Ils traitent Alice de sotte et la rendent perplexe. La Tortue Fantaisie lui chante des airs incompréhensibles avec des trémolos dans la voix.
LA SŒUR D'ALICE ET DINAH : Assise à côté d'elle, la sœur aînée d'Alice lit un livre « sans images, ni dialogue ». Quant à Dinah, sa chatte, elle se contente de miauler, contrairement aux animaux du pays des merveilles.

Quelle est l'histoire ?

Les circonstances

Par un chaud après-midi d'été, Alice s'ennuie auprès de sa sœur qui lit, quand son attention est attirée par un lapin blanc qui court, parle et regarde l'heure à sa montre !

L'action

1. En suivant un lapin qui parle, Alice tombe dans un puits et atterrit dans une salle. Pour ouvrir la plus petite porte, elle boit une potion et mange un gâteau qui la font changer de taille. En pleurant, elle crée une mare où elle rencontre des animaux.

2. Alice réussit à rentrer chez le Lapin Blanc mais elle grandit en buvant une autre potion. Bombardée de gâteaux, elle rapetisse et s'enfuit. Elle croise un chiot géant puis une chenille qui fume, assise sur un champignon aux vertus spéciales.

Les trois filles du doyen Liddell : Lorina, Édith et Alice.

Le but

C'est lors d'une promenade en barque, le 4 juillet 1862, que Lewis Carroll imagine les aventures d'Alice à la demande des trois filles du doyen de son école, dont la cadette s'appelle Alice. L'histoire est publiée en 1865. Si le projet initial de Carroll est de divertir ses jeunes lecteurs, le récit prend une autre dimension et intéresse grands et petits par son univers étrange où dominent le rêve, la fantaisie et le *nonsense*.

3. Avec son long cou, Alice effraie un pigeon. Elle arrive ensuite chez une duchesse dont le bébé se transforme en cochon. Elle y rencontre le Chat de Chester. Puis elle se rend au thé du Lièvre de Mars et du Chapelier, mais elle les quitte, lasse de leur folie.

4. Alice voit trois jardiniers en forme de cartes peignant des roses blanches en rouge. Ils craignent la Reine de Cœur qui arrive en menaçant de couper des têtes. Alice la suit à une partie de croquet, puis un griffon l'emmène chez la Tortue Fantaisie...

Qui est l'auteur ?

Lewis Carroll (1832-1898)

● UNE ENFANCE INVENTIVE

Charles Lutwidge Dodgson naît à Daresbury, dans une famille de onze enfants. Il invente des jeux variés pour ses frères et sœurs, avec lesquels il publie de petites revues littéraires qu'il rédige et parfois illustre. À douze ans, il fait l'expérience désagréable de la *public school* de Rugby. Cependant, il réussit brillamment : il est admis en janvier 1951 au *Christ Church College* d'Oxford où il s'installe avant de devenir professeur.

● NAISSANCE DE LEWIS CARROLL ET DE LA PHOTOGRAPHIE

En 1856, il prend le pseudonyme de Lewis Carroll, sous lequel il publie des poèmes, et il découvre la photographie, art alors très récent. Il réalise des centaines de clichés d'enfants – dont Alice Liddell – et sera même le premier photographe de l'ère victorienne.

● LE SUCCÈS INVOLONTAIRE D'*ALICE*

En 1862, il invente *Alice au pays des merveilles*, qui paraît trois ans plus tard avec les illustrations de John Tenniel. Face au succès, Lewis Carroll écrit une suite, *De l'autre côté du miroir* (1871), puis *La Chasse au Snark* (1876).
Il rédige en parallèle des ouvrages de mathématiques et de logique sous son vrai nom. Quelques mois avant sa mort, il refuse les courriers adressés à Lewis Carroll, décevant ainsi ses « amies-enfants » avec lesquelles il entretint une vaste correspondance.

L'AUTEUR	**1832** Naissance de Charles Lutwidge Dodgson (alias Lewis Carroll)	**1851** Entrée à l'université d'Oxford Décès brutal de sa mère	**1856** Prend le pseudonyme de Lewis Carroll et découvre la photographie	**1857** Professeur de mathématiqu à l'université
SON ÉPOQUE	**1833** Première loi en Angleterre pour réduire le travail des enfants	**1837** Début du règne de la reine Victoria	**1839** Invention de la photographie	**1851** Première exposition universe à Londres : puissance de l'empire britannique

Que se passe-t-il à l'époque ?

Sur le plan politique

• UNE MONARCHIE PARLEMENTAIRE

Alors que la France connaît plusieurs changements politiques, le Royaume-Uni est fidèle au régime de la monarchie parlementaire : les pouvoirs de la reine sont limités et un parlement prend les décisions.

• LA RÉVOLUTION INDUSTRIELLE

Au Royaume-Uni, puis dans toute l'Europe, les progrès permettent l'émergence de l'industrie. La bourgeoisie s'enrichit, mais le prolétariat est exploité.

• LE RÈGNE DE VICTORIA

La révolution industrielle et l'empire colonial du Royaume-Uni en font la première puissance économique et commerciale au monde. Le règne de Victoria est donc une époque prospère, mais la reine prône une morale stricte et austère qui laisse peu de place à l'originalité.

Dans le domaine des lettres

• LE SIÈCLE DU ROMAN

Au XIXe siècle, le roman connaît un grand succès. Charles Dickens dénonce l'exploitation des enfants (*Oliver Twist*, 1838) tandis que les sœurs Brontë produisent en 1847 trois chefs-d'œuvre (*Jane Eyre*, *Les Hauts de Hurlevent* et *Agnes Grey*).

• LES PRÉRAPHAÉLITES

Ces artistes imitent les peintres antérieurs à Raphaël (peintre italien de la Renaissance). Carroll admire les tableaux de Millais, Hunt et Rossetti ainsi que les poètes Tennyson et Browning.

• L'INQUIÉTANTE ÉTRANGETÉ

L'univers étrange et parfois inquiétant de Lewis Carroll trouve un écho tardif dans le fantastique (*L'Étrange Cas du docteur Jekyll et de M. Hyde* de Stevenson, en 1886).

1862 Invention d'*Alice au pays des merveilles* pour Alice Liddell

1865 Publication avec succès d'*Alice au pays des merveilles*

1871 Publication de *De l'autre côté du miroir*

1886 Publication d'un traité de logique et du manuscrit original d'*Alice*

1898 Mort de Lewis Carroll

1852 Première exposition sur la photographie à Londres. Début du Second Empire en France

1854 Le Royaume-Uni et la France déclarent la guerre à la Russie

1865 Abolition de l'esclavage aux États-Unis

1870 Enseignement primaire obligatoire en Angleterre. Chute du Second Empire en France

1876 La reine Victoria devient impératrice des Indes

1901 Mort de la reine Victoria

Alice au pays des merveilles

Au cœur d'une après-midi dorée
Languissamment[1] *nous dérivons,*
Car, avec peu d'adresse, nos avirons[2]*,*
Par des petits bras sont maniés,
Et des petites mains tentent
De diriger nos errances.

Cruelles trois ! Dans une telle heure,
Et par un temps aussi rêveur,
Exiger un conte d'un souffle fluet[3]
Qui ne mouvrait pas un duvet !
Mais que peut juste une voix
Contre trois langues ensemble ?

L'impérieuse[4] *Prima a donné*
Son ordre de « le commencer ».
Secunda espère, et le dit gentiment,
Qu'il y aura du non-sens[5] *dedans.*
Et Tertia coupe le fil[6]
Du conte à chaque moment.

Puis, au silence soudain gagnées,
Elles suivent en fantaisie
L'enfant du rêve qui parcourt un pays

1. **Languissamment** : ils sont engourdis par la chaleur.
2. **Avirons** : rames de la barque.
3. **Souffle fluet** : les trois fillettes ont une toute petite voix.
4. **Impérieuse** : autoritaire.
5. **Non-sens** : ou *nonsense* (voir p. 148).
6. **Coupe le fil** : interrompt.

Lewis Carroll raconte comment il a créé son récit (voir le but p. 7).

« Petits bras, petites mains, trois, trois langues, Prima, Secunda, Tertia, trois voix réjouies » : ces mots désignent les trois filles du doyen Liddell.

De merveilles, sauvage et neuf,
Parle aux bêtes en amie,
En le croyant vrai à moitié.

Chaque fois que l'histoire a tari[1]
Les sources de l'inspiration,
Que le conteur fatigué a eu l'envie
D'interrompre là sa fiction :
« La fin, plus tard... – Tout de suite ! »
Ont crié trois voix réjouies.

Le conte du Pays des Merveilles
Ainsi, lentement, a grandi,
Une à une sont nées ses péripéties.
Maintenant que le conte est dit,
Nous ramons, marins ravis,
Sous le soleil qui se couche.

Prends cette histoire enfantine, Alice !
Place-la d'une douce main
Dans le coffret mystique[2] *de la Mémoire*
Où gisent[3] *les rêves d'Enfance,*
Guirlandes de fleurs fanées
Cueillies en pays lointains.

1. **A tari** : s'est arrêtée, n'ayant plus d'inspiration.
2. **Mystique** : religieux.
3. **Gisent** : reposent.

1

Dans le trou du Lapin

Alice commençait à se sentir lasse d'être assise près de sa sœur sur le talus[1] et de ne rien avoir à faire. Une fois ou deux, elle avait jeté un coup d'œil sur le livre que lisait sa sœur. Seulement il était sans images ni dialogues « et à quoi sert un livre, pensa-t-elle, sans images ni dialogues ? »

Elle en était donc à se demander (autant qu'elle le pouvait car la chaleur de cette journée la faisait se sentir endormie et engourdie[2]) si le plaisir de tresser une guirlande de pâquerettes valait l'effort de se lever pour cueillir les fleurs, quand soudain un Lapin Blanc avec des yeux roses passa près d'elle en trottant.

Il n'y avait là rien de bien remarquable, et Alice ne trouva pas non plus tellement extraordinaire de l'entendre marmonner : « Mon Dieu ! Mon Dieu ! Je vais être en retard. » (Lorsqu'elle y repensa par la suite, elle admit qu'elle aurait dû s'étonner, mais sur le moment, tout lui sembla naturel●.) Pourtant, quand le

1. **Talus** : terrain en pente.
2. **Engourdie** : ensommeillée.

● **Le narrateur fait des commentaires repérables aux parenthèses.**

Lapin tira une montre de son gousset[1], regarda l'heure et se mit à se dépêcher de plus belle, Alice se leva et le suivit, car il lui vint brusquement à l'esprit que c'était la première fois qu'elle voyait un lapin avec une poche à son gilet et avec une montre à y ranger. Si bien que, brûlant de curiosité, elle traversa le pré à ses trousses et, fort heureusement, arriva juste à temps pour le voir s'engouffrer dans un grand terrier qui s'ouvrait sous la haie.

L'instant d'après, Alice s'y enfonçait à sa suite, sans songer un seul moment à comment elle pourrait bien faire pour en ressortir.

Le terrier commençait à plat, un peu à la manière d'un tunnel, puis plongeait soudain, si brusquement qu'Alice n'eut pas un instant pour songer à se retenir et se trouva en train de tomber dans ce qui devait être un puits très profond.

Ou bien le puits était vraiment très profond ou Alice tombait très lentement car elle eut tout le temps, tandis qu'elle descendait, de regarder autour d'elle et de se demander ce qui allait arriver ensuite. D'abord, elle tenta de regarder au-dessous d'elle pour deviner où elle allait mais il faisait trop sombre pour voir quoi que ce soit. Alors, elle porta les yeux sur les parois du puits et vit qu'elles étaient tapissées[2] de placards et d'étagères. Çà et là, elle remarqua des cartes de géographie et des images pendues à des clous. Elle prit un pot sur une étagère au passage. Il était étiqueté : MARMELADE[3] D'ORANGES mais, à sa grande déception, il était vide. Elle ne voulut pas le lâcher, de peur de tuer quelqu'un, et parvint à le reposer dans un des placards alors qu'elle passait devant.

1. **Gousset** : petite poche sur un gilet ou une veste prévue pour y glisser une montre attachée par une chaîne.
2. **Tapissées** : décorées.
3. **Marmelade** : sorte de confiture très épaisse.

« Eh bien ! se dit-elle, après une telle chute, je trouverai que ce n'est rien de dégringoler dans l'escalier. Ils vont me trouver bien courageuse, à la maison. Ma foi, même si je tombais du toit je n'en parlerais pas. » (C'est probablement ce qu'il se passerait, en effet.)

Plus bas, plus bas, toujours plus bas ! Cette chute n'allait-elle jamais finir ?

– Je me demande de combien de kilomètres je suis déjà tombée, dit-elle à voix haute. Je dois approcher du centre de la terre. Voyons voir, cela ferait une descente de près de sept mille kilomètres ●... (Figurez-vous qu'Alice avait appris pas mal de choses de ce genre en classe, et même si ce n'était guère l'occasion de montrer son savoir puisque personne n'était là pour l'entendre, les répéter constituait malgré tout un bon exercice de mémoire)... Oui, c'est à peu près cette distance... Mais alors, je me demande à quelles latitude et longitude j'ai bien pu parvenir. (Alice n'avait pas la moindre idée de ce qu'étaient la latitude et la longitude ● mais elle trouvait ces mots jolis et grandioses[1] à prononcer.)

Peu après, elle reprit :

1. **Grandioses** : impressionnants.

● **La distance est correcte ; le centre de la Terre est une préoccupation de l'époque. Jules Verne écrit le *Voyage au centre de la Terre* en 1864, un an avant la parution d'*Alice*.**

● **La latitude est la position d'un point au nord ou au sud de l'équateur ; la longitude est la position d'un point à l'est ou à l'ouest du méridien de Greenwich, situé au Royaume-Uni. La latitude et la longitude permettent donc de se situer à la surface de la Terre, et non en dessous.**

– Je me demande si je vais tomber à travers toute la Terre. Comme ce sera amusant de ressortir au milieu de ces gens qui marchent la tête en bas ! Les Antipathies, je pense (elle était plutôt contente qu'il n'y ait personne pour l'entendre, cette fois, car le mot ne sonnait pas du tout comme le vrai)... Mais il me faudra demander le nom du pays. S'il vous plaît, m'dame, est-ce la Nouvelle-Zélande ou l'Australie ? (Tout en parlant, elle essaya de faire la révérence – ce qui n'est guère évident pendant qu'on tombe dans un trou ; l'auriez-vous pu, vous ?) Mais pour quelle petite ignorante elle me prendra si je demande ? Non, il vaudra mieux ne rien demander. Je verrai peut-être le nom écrit quelque part.

Plus bas, plus bas, plus bas ! Il n'y avait rien d'autre à faire, aussi Alice se remit-elle à parler.

– Je vais beaucoup manquer à Dinah ce soir, je pense. (Dinah était la chatte.) J'espère qu'ils penseront à sa soucoupe de lait à l'heure du thé. Dinah, ma chère ! J'aimerais que tu sois ici en bas avec moi. Il n'y a pas de souris dans les airs, j'en ai peur, mais tu pourrais attraper une chauve-souris, ça se ressemble beaucoup. Mais est-ce que les chats mangent les chauves-souris ? Je me le demande.

À ce moment-là, Alice se mit à somnoler et à répéter un peu comme dans un rêve : « Les chats mangent les chauves-souris ?

Jeu de mots entre les termes « antipathies » (sentiment de rejet envers quelqu'un) et « antipodes » (deux endroits diamétralement opposés sur Terre).

Par rapport à l'Angleterre, ces pays se trouvent de l'autre côté de la Terre.

Alice est anglaise, l'heure du thé (17 heures) est donc respectée scrupuleusement.

Évoquant sa chatte Dinah, Alice pense aux souris, mais comme elle est « dans les airs » (elle tombe), elle imagine des souris volantes et donc des chauves-souris.

Les chats mangent les chauves-souris ? » et parfois : « Les chauves-souris mangent les chats ? » Car, voyez-vous, comme elle ne pouvait répondre à aucune des deux questions, peu lui importait le sens dans lequel elle les posait. Elle sentit qu'elle s'endormait et avait déjà commencé à rêver qu'elle marchait main dans la main avec Dinah, en lui disant très sérieusement : « Maintenant, Dinah, dis-moi la vérité. As-tu déjà mangé une chauve-souris ? » quand soudain – patatras ! – elle atterrit sur un tas de branches et de feuilles sèches : la chute était terminée.

Alice ne s'était pas fait de mal et fut sur ses pieds en un clin d'œil. Elle regarda au-dessus d'elle mais c'était tout noir. Devant elle s'ouvrait de nouveau un long couloir ; le Lapin Blanc était encore en vue[1] et le dévalait en vitesse. Il n'y avait pas une minute à perdre. Comme le vent fila Alice. Elle put l'entendre s'écrier, juste avant qu'il disparaisse dans un tournant :

– Par mes oreilles et ma moustache, comme il se fait tard !

Elle était juste derrière lui et pourtant, après le virage, le Lapin n'était plus en vue. Elle se trouva dans une salle longue et basse, éclairée par une rangée de lampes qui pendaient du plafond.

Il y avait des portes tout autour de la pièce, mais elles étaient toutes fermées à clef. Quand Alice eut fait le tour, dans un sens puis dans l'autre, en essayant d'ouvrir toutes les portes, elle revint tristement au milieu de la salle en se demandant comment elle ferait pour ressortir de là.

Tout à coup, elle tomba sur une petite table à trois pieds en verre massif[2]. Il n'y avait rien dessus, sauf une minuscule clef d'or ; Alice pensa aussitôt que ça pouvait être celle d'une des portes. Malheureusement, soit les serrures étaient trop grosses,

1. **En vue** : visible.
2. **Massif** : entièrement en verre (dans ce contexte).

soit la clef était trop petite : elle n'en ouvrait aucune. Finalement, au cours d'une nouvelle inspection, Alice découvrit un rideau placé très bas qu'elle n'avait pas remarqué jusqu'alors. Derrière, se trouvait une petite porte d'une quarantaine de centimètres de haut. Elle essaya la petite clef dans la serrure, et, à sa grande joie, c'était la bonne !

Alice ouvrit et découvrit que la porte donnait sur un étroit couloir, guère plus large qu'un trou à rat. Elle se mit à genoux et, au bout du couloir, aperçut le plus joli jardin qu'on puisse rêver. Comme elle aurait voulu quitter cette affreuse pièce sombre pour aller se promener au milieu des fleurs éclatantes et des fraîches fontaines ! Mais elle ne pouvait même pas passer la tête par l'ouverture. « Et même si elle parvenait à y passer, pensa la pauvre Alice, cela ne servirait à rien sans les épaules ? Que j'aimerais pouvoir me replier comme une longue-vue ! Il me semble bien que j'y arriverais si je savais comment commencer. » Voyez-vous, tant de choses hors du commun s'étaient produites depuis peu qu'Alice en arrivait à croire que rien, ou presque, n'était vraiment impossible.

Il semblait inutile de rester à attendre devant la petite porte, aussi revint-elle à la table, espérant à moitié y trouver une autre clef ou, du moins, une méthode expliquant comment se replier comme une longue-vue. Cette fois, elle y découvrit une petite fiole[1] (« qui n'était pas là tout à l'heure », se dit Alice). Il y avait, nouée au goulot, une étiquette en papier avec les mots *BOIS-MOI* joliment écrits dessus en grosses lettres.

C'était bien beau de dire : « Bois-moi », mais la sage petite Alice n'allait pas faire ça à la va-vite[2]. « Non ! Je vais regarder d'abord, se dit-elle, et vérifier s'il y a marqué “poison” ou non. »

1. **Fiole** : flacon.
2. **À la va-vite** : trop rapidement.

En effet, elle avait lu plusieurs charmantes● histoires d'enfants brûlés vifs, dévorés par des bêtes sauvages ou victimes d'autres aventures déplaisantes, tout ça parce qu'ils ne s'étaient pas souvenus de règles toutes simples qu'on leur avait apprises. Par exemple qu'un tisonnier[1] chauffé au rouge vous brûlera si vous le tenez trop longtemps en main ; que si vous vous coupez le doigt très profondément avec un couteau, généralement, il saigne. Elle ne perdait pas non plus de vue que si on boit quelque chose tiré d'une bouteille marquée « poison », il est sûr que des effets désagréables se font sentir tôt ou tard.

Cependant, cette fiole n'était pas étiquetée « poison » aussi Alice se risqua-t-elle à goûter à son contenu et, le trouvant très bon (en fait, il avait un goût mélangé de tarte aux cerises, de crème à la vanille, d'ananas, de dinde rôtie, de caramel et de toast[2] beurré), elle eut bientôt tout bu.

– Quelle étrange sensation ! dit Alice. Je dois être en train de me replier comme une longue-vue.

Et c'était bien le cas. Elle ne mesurait plus que vingt-cinq centimètres de haut désormais. Son visage s'illumina à la pensée qu'elle avait juste la bonne taille pour passer par la petite porte menant à ce délicieux jardin. Toutefois elle attendit d'abord quelques minutes pour vérifier si elle ne rapetissait pas plus. Elle était un peu anxieuse à ce sujet « car, vois-tu, se dit-elle à elle-même, tu pourrais finir par disparaître entièrement, comme une bougie. Je me demande de quoi j'aurais l'air, alors. » Et elle s'efforça d'imaginer à quoi ressemble la flamme d'une bougie

1. **Tisonnier** : barre de fer utilisée pour remuer les braises du feu.
2. **Toast** : tranche de pain grillée.

● **Carroll emploie l'adjectif « charmant » de façon ironique, c'est-à-dire qu'il pense l'inverse mais l'exprime avec humour.**

qu'on a soufflée car elle ne se souvenait pas d'avoir jamais vu une telle chose.

Au bout d'un moment, voyant qu'il ne se passait rien d'autre, elle décida d'aller dans le jardin sans plus attendre. Mais, hélas pour la pauvre Alice, quand elle fut devant la porte elle vit qu'elle avait oublié la clef d'or sur la table et, en revenant pour la prendre, elle constata qu'elle ne parviendrait plus à l'atteindre. Elle pouvait parfaitement la voir à travers le verre et fit même de son mieux pour grimper à un pied, mais il était trop glissant. Après s'être bien fatiguée à essayer et essayer encore, la malheureuse enfant s'assit par terre et se mit à pleurer.

« Voyons, ça ne sert à rien de pleurer de la sorte, se dit Alice à elle-même, assez durement. Je te conseille de cesser sur-le-champ ! »

En général, elle se donnait d'excellents conseils (même si elle ne les suivait pas souvent) et, parfois, elle se réprimandait[1] si sévèrement qu'elle en avait les larmes aux yeux. Une fois même, elle s'en souvenait encore, elle avait voulu se frictionner[2] les oreilles parce qu'elle avait triché dans une partie de croquet● qu'elle jouait contre elle-même. Car cette curieuse enfant aimait beaucoup faire semblant d'être deux personnes. « Mais à quoi bon, maintenant, prétendre être deux, se dit la pauvre Alice. C'est à peine s'il reste assez de moi pour faire une seule personne présentable. »

1. **Réprimandait** : grondait.
2. **Frictionner** : tirer (dans ce contexte).

● **Jeu où l'on fait passer des boules sous des arceaux avec un maillet, suivant un parcours précis. Le croquet est adapté de la crosse, un jeu français du Moyen Âge. Le croquet apparaît dans la deuxième moitié du XIXe siècle en Angleterre et devient alors un divertissement en société.**

Bientôt son regard tomba sur une petite boîte en verre qui était posée sous la table. En l'ouvrant, elle y trouva un petit gâteau sur lequel les mots : *MANGE-MOI* étaient joliment écrits avec des raisins secs.

« Bon, se dit-elle, je vais le manger. S'il me fait grandir, je pourrai atteindre la clef, s'il me fait rapetisser, je pourrai me glisser sous la porte. Peu m'importe ce qu'il se produira puisque, d'une manière ou d'une autre, j'irai enfin dans ce jardin ! »

Elle mangea un petit morceau de gâteau et se demanda avec inquiétude : « Dans quel sens ? Dans quel sens ? », tout en gardant une main sur la tête, pour vérifier dans quel sens sa taille changeait. Elle eut la surprise de constater qu'elle restait de la même taille. À l'évidence, c'est ce qui se produit en général quand on mange des gâteaux, seulement Alice s'était tellement habituée à n'attendre que des événements exceptionnels, qu'il lui parut triste et tout bête que les choses se passent comme d'habitude.

Elle se mit en devoir de finir le gâteau, ce qui fut bientôt fait.

2

La mare de larmes

– Plus que plus que curieux ! s'écria Alice (elle était tellement surprise que, sur le moment, elle en oublia de parler correctement anglais). Maintenant je me déploie[1] comme la plus grande longue-vue qui soit. Au revoir, mes pieds ! (car lorsqu'elle regarda ses pieds, ils lui semblèrent presque hors de vue tant ils étaient en train de s'éloigner). Oh ! Mes pauvres petits pieds, je me demande qui vous mettra vos souliers et vos bas[2] désormais, mes chéris ? Sûrement que je n'en serai pas capable. Je serai trop loin pour m'occuper de vous : il faudra vous débrouiller comme vous le pourrez. Mais je devrai être gentille avec eux, ou alors ils ne voudront pas aller où je voudrai. Voyons voir… je leur ferai cadeau d'une paire de souliers neufs à chaque Noël.

Elle continua d'imaginer comment elle s'y prendrait. « Il faudra les faire livrer par porteur, songea-t-elle[3]. Comme ce

1. **Je me déploie** : je me déplie, je m'allonge.
2. **Bas** : collants.
3. **Songea-t-elle** : pensa-t-elle.

Alice fait une erreur grammaticale en employant deux fois le mot « plus » alors qu'une fois suffit (« Plus que curieux »).

sera amusant : envoyer des cadeaux à ses propres pieds ! Et que l'adresse sera originale :

Monsieur le pied droit d'Alice
carpette du foyer[1]
près de la cheminée
(avec toute l'affection d'Alice).

Mon Dieu, quelles absurdités[2] je suis en train de dire ! »

Juste à ce moment-là, sa tête cogna le plafond de la salle. En réalité, Alice mesurait alors plus de deux mètres quatre-vingts. Elle saisit aussitôt la petite clef d'or et courut à la porte du jardin.

Pauvre Alice ! Voici tout ce qu'elle put faire : s'allonger sur le côté pour regarder le jardin, et encore d'un seul œil ! Mais quant à passer, c'était plus désespéré que jamais. Alors elle s'assit et se remit à pleurer.

– Tu devrais avoir honte, dit-elle, une grande fille comme toi (elle pouvait vraiment le dire), pleurer comme tu le fais ! Arrête-toi tout de suite !

Mais elle ne cessa pas pour autant, versant des décalitres[3] de larmes, jusqu'à ce qu'une mare se forme autour d'elle, profonde d'environ dix centimètres, et qui couvrait la moitié de la surface de la salle.

Au bout d'un moment, elle entendit un bruit de pas dans le lointain et s'essuya vite les yeux pour voir qui approchait. C'était le Lapin Blanc qui revenait, superbement habillé, avec une paire de gants en chevreau[4] blancs dans une main et un grand éventail

1. **Carpette du foyer** : tapis près de la cheminée.
2. **Absurdités** : bêtises.
3. **Des décalitres** : des dizaines de litres (un décalitre représente dix litres).
4. **Chevreau** : cuir de chèvre ou de chevreau.

dans l'autre. Il arriva en trottant à toute vitesse et en ne cessant pas de marmonner :

– Oh la Duchesse[1] ! la Duchesse ! Dans quelle fureur elle se mettra si je la fais attendre !

Alice était tellement désespérée qu'elle était prête à demander de l'aide à n'importe qui. Aussi, quand le Lapin fut assez près, elle commença d'une petite voix timide :

– Excusez-moi, monsieur...

Le Lapin sursauta, lâcha les gants et l'éventail pour détaler[2] dans l'obscurité aussi vite qu'il le put.

Alice ramassa l'éventail et les gants et, comme il faisait très chaud dans la salle, elle se mit à s'éventer tout en parlant.

– Ho là là ! Comme tout est bizarre aujourd'hui ! Hier, tout s'était passé comme d'habitude. Je me demande si j'ai changé durant la nuit. Voyons un peu : étais-je la même ce matin en m'éveillant ? Je crois presque pouvoir me rappeler que je me suis sentie un peu différente. Mais si je ne suis pas la même, l'autre question est : Qui puis-je bien être ? La voilà, la grande énigme.

Sur quoi, elle pensa à toutes les petites filles qu'elle connaissait et qui avaient son âge, pour savoir si elle avait pu devenir l'une d'entre elles.

– Je suis sûre que je ne suis pas Ada, dit-elle, car ses cheveux font de longues boucles et les miens pas du tout. Et je suis sûre aussi que je ne peux pas être Mabel, car je sais beaucoup de choses et elle, oh ! presque rien. En plus, elle est elle et je suis je et... mon Dieu, que tout ça est compliqué ! Je vais vérifier si je sais tout ce que je savais. Voyons : quatre fois cinq font douze, quatre fois six font treize et quatre fois sept... Je n'arriverai jamais

1. **Duchesse** : femme d'un duc.
2. **Détaler** : partir en courant.

jusqu'à vingt à ce rythme. D'autant que la table de multiplication ne prouve rien. Essayons la géographie. Londres est la capitale de Paris, Paris est la capitale de Rome et Rome... non ! tout ça est faux, j'en suis certaine ! J'ai dû être changée en Mabel. Je vais essayer de réciter *Comme le petit crocodile*●.

Elle croisa les bras sur la poitrine comme si elle était en train de réciter ses leçons mais sa voix sonna rauque et bizarre, et les mots ne lui vinrent pas tels qu'ils étaient d'habitude :

– *Comme le petit crocodile*
Fait scintiller sa queue dorée
Et fait ruisseler l'eau du Nil
Sur ses écailles mordorées[1] *!*

Que son sourire est séduisant,
Quand, griffes sorties, il invite
Les poissons à venir dedans
Sa large mâchoire, très vite !

– Je suis sûre que ce ne sont pas les bons mots, dit la pauvre Alice.

Et ses yeux s'emplirent à nouveau de larmes tandis qu'elle poursuivait :

– Je dois être Mabel, après tout, et il va me falloir aller vivre dans sa minuscule maison avec pratiquement pas de jouets pour

1. **Mordorées** : brunes à reflets dorés.

● **Parodie* d'une comptine anglaise apprise par les jeunes Anglais : Lewis Carroll l'a modifiée de façon humoristique. La comptine d'origine *How doth the little busy bee*, d'Isaac Watts (XVIIIe siècle), parle non pas d'un crocodile mais d'une abeille.**

m'amuser avec et oh ! tellement de leçons à apprendre ! Non, c'est décidé, si je suis Mabel, je resterai ici en bas. Cela ne leur servira à rien de pencher la tête à me répéter : « Remonte, ma chérie ! » Je regarderai juste vers en haut et je demanderai : « Qui suis-je ? Dites-le-moi d'abord et ensuite, s'il me plaît d'être cette personne-là, je remonterai. Sinon, je resterai assise ici jusqu'à ce que je sois quelqu'un d'autre... » Mais, mon Dieu ! ajouta-t-elle dans un sanglot, j'aimerais qu'ils penchent la tête, en haut. J'en ai tellement assez d'être toute seule ici.

Sur ces mots, elle regarda ses mains et eut la surprise de voir qu'elle avait enfilé un des gants blancs du Lapin tout en parlant. « Comment ai-je fait ? se dit-elle, je dois rapetisser de nouveau. » Elle se leva et alla à la table, se mesurer à elle. Elle découvrit, pour autant qu'elle pût en juger, qu'elle n'avait plus que soixante centimètres de haut et qu'elle continuait de rétrécir rapidement. Elle comprit soudain que c'était à cause de l'éventail qu'elle tenait et le lâcha précipitamment, juste à temps pour éviter d'être réduite absolument à rien.

– Il s'en est fallu de peu ! dit Alice, passablement[1] effrayée de sa brusque transformation, mais très heureuse d'être toujours en vie. Et maintenant, au jardin !

Elle courut à la petite porte. Hélas, celle-ci était à nouveau fermée, et la petite clef dorée, posée sur la table comme avant.

« Les choses sont pires que jamais, pensa la pauvre enfant, car je n'ai jamais été aussi petite auparavant, jamais. Et je déclare que c'est trop triste, voilà ce que c'est ! »

Elle disait ces mots quand son pied glissa et, un instant après, plouf ! elle était dans l'eau salée jusqu'au menton. Sa première

1. **Passablement** : assez.

impression fut que, d'une certaine façon, elle était tombée dans la mer. « Dans ce cas, je pourrai rentrer à la maison par le train », se dit-elle. (Alice était allée au bord de la mer une fois dans sa vie et en était arrivée à cette conclusion générale que, n'importe où qu'on aille sur les côtes anglaises, on trouvait des cabines de bain dans la mer●, des enfants en train de creuser le sable avec des pelles en bois, ensuite une rangée de pavillons avec, derrière, une gare de chemin de fer). Mais très vite elle comprit qu'elle était dans la mare de larmes qu'elle avait versées quand elle mesurait deux mètres quatre-vingts de haut.

« J'aimerais ne pas avoir pleuré autant, se dit Alice qui nageait pour tenter de sortir de l'eau. Je vais en être bientôt punie, je suppose, en me noyant dans mes propres larmes. Ce sera vraiment un accident bizarre. Il est vrai que tout est bizarre aujourd'hui. »

Juste alors, elle entendit qu'on pataugeait dans la mare pas très loin d'elle. Elle s'approcha pour voir ce que c'était. Elle pensa d'abord que ça devait être un morse[1] ou un hippopotame mais elle se rappela combien elle était petite pour le moment et découvrit bientôt que ce n'était qu'une souris qui avait glissé dans la mare comme elle.

« Adresser la parole à cette souris, se demanda Alice, pourrait-il servir à quelque chose ? Tout est tellement extravagant[2] ici qu'elle doit sûrement parler. D'ailleurs je ne risque rien à essayer. »

1. **Morse** : appelé aussi éléphant de mer, c'est un grand mammifère marin pouvant mesurer cinq mètres, chassé pour sa peau, sa graisse et l'ivoire de ses défenses.
2. **Extravagant** : bizarre.

● **À l'époque, les « cabines de bain » étaient des sortes de roulottes qu'un cheval traînait jusque dans l'eau. Cela permettait d'éviter, sur la plage, le spectacle « indécent » de femmes en maillot de bain (lequel couvrait le corps seulement du cou à la cheville). [Note du traducteur]**

Aussi se lança-t-elle :

– Ô Souris ! savez-vous comment sortir de cette mare ? Je suis très fatiguée à force d'y nager en rond, ô Souris ! (Alice pensait que c'était la façon convenable de s'adresser aux souris même si elle n'avait jamais eu l'occasion de le faire auparavant car elle se souvenait d'avoir lu dans la grammaire latine de son frère : « une souris... d'une souris... à une souris... ô souris ! »)

La Souris la regarda avec une certaine curiosité et il sembla bien à Alice qu'elle clignait d'un de ses petits yeux mais elle ne dit rien.

« Peut-être qu'elle ne comprend pas l'anglais, pensa Alice. J'imagine que c'est une souris française arrivée avec Guillaume le Conquérant[1]. » (Car, malgré tout son savoir en histoire, Alice n'avait pas une notion très claire de l'ancienneté des divers événements.)

Elle reprit donc en disant : « Où est ma chatte ? » ce qui était la première phrase de son livre de français. La Souris bondit hors de l'eau et se mit à frissonner d'épouvante.

– Oh ! je vous demande pardon, s'empressa[2] de dire Alice, qui craignait d'avoir froissé[3] le malheureux animal. J'avais oublié que vous n'aimez pas les chats.

1. **Guillaume le Conquérant** : duc de Normandie qui cherche à obtenir le trône d'Angleterre au XIe siècle : il conquiert ce pays avec une armée de 7 000 hommes.
2. **S'empressa** : se dépêcha.
3. **Froissé** : vexé.

Alice récite une déclinaison latine traduite ici en français. Une déclinaison comprend toutes les terminaisons possibles d'un nom selon sa fonction grammaticale. Alice emploie « Ô Souris » qui correspond au vocatif en latin, employé pour interpeller quelqu'un.

La phrase, en français dans le texte original, indique qu'Alice veut montrer ce qu'elle a appris en classe.

– N'aimez pas les chats ! s'écria la Souris d'une voix aiguë[1] et pleine de colère. Tu les aimerais à ma place ?

– Eh bien ! peut-être pas, dit Alice d'un ton conciliant[2]. Ne vous fâchez pas. Pourtant, j'aimerais pouvoir vous montrer notre chatte, Dinah. Si vous la rencontriez, elle vous ferait aimer les chats, j'en suis sûre… C'est une si gentille créature, continua Alice tout en nageant paresseusement dans la mare, elle reste couchée si sagement auprès du feu à ronronner, à se lécher les pattes et à se nettoyer le museau… et puis elle est si douce à caresser… et c'est une telle experte pour attraper les souris !… Oh ! je vous demande pardon ! dit à nouveau Alice, car, cette fois, la Souris s'était toute hérissée et il semblait évident qu'elle se sentait offensée[3] pour de bon. Nous n'en parlerons plus du tout, si vous préférez.

– Nous ! vraiment ? cria la Souris en tremblant des moustaches au bout de la queue. Comme si moi, je parlais de tels sujets ! Notre famille a toujours haï les chats, ces êtres méchants, bas et vulgaires[4]. Que je n'entende plus ce mot !

– Je n'en parlerai plus, dit Alice, très pressée de changer de sujet de conversation. Aimez-vous… aimez-vous les chiens ?

La Souris ne répondit pas, aussi Alice poursuivit-elle :

– Il y a un si charmant petit chien près de chez nous, j'aimerais vous le montrer. Un terrier[5] aux yeux brillants, voyez-vous, avec de si jolis poils bruns longs et frisés ! Il rapporte tout ce qu'on lui lance… il fait le beau pour réclamer son dîner et toutes sortes de tours – je n'arrive pas à me les rappeler tous. Il appartient à un

1. **Aiguë** : perçante.
2. **Conciliant** : apaisant.
3. **Offensée** : très vexée.
4. **Bas et vulgaires** : misérables et grossiers.
5. **Terrier** : un fox-terrier (race de chien anglaise).

fermier, voyez-vous, qui dit qu'il lui rend de grands services et qu'il vaut au moins cent livres[1]. Il dit aussi qu'il tue tous les rats... Oh ! mon Dieu ! s'écria Alice sur le ton d'un profond regret, je crois bien que je l'ai de nouveau vexée.

Car la Souris s'éloignait en nageant de toutes ses forces et en provoquant de grands remous[2] dans la mare.

Alice l'appela gentiment :

– Souris, ma chère ! revenez donc ! Nous ne parlerons plus de chats ni, non plus, de chiens, puisque vous ne les aimez pas.

Quand la Souris entendit cela, elle fit demi-tour et nagea lentement jusqu'à Alice. Son visage était très pâle (de colère, pensa Alice) et elle dit d'une voix basse qui tremblait :

– Allons sur la rive et je te raconterai mon histoire. Tu comprendras pour quelle raison je hais les chats et les chiens.

Il était grand temps d'en sortir car la mare commençait à être envahie d'oiseaux et de quadrupèdes[3] qui étaient tombés dedans. Il y avait là un Canard et un Dodo, un Lori et un Aiglon●, ainsi que diverses autres créatures étranges. Alice se mit à leur tête et toute la bande regagna la rive à la nage.

1. **Livres** : monnaie anglaise.
2. **Remous** : vagues.
3. **Quadrupèdes** : mammifères à quatre pattes.

● Le dodo et le lori sont des oiseaux exotiques ; l'aiglon est le petit de l'aigle. Par des jeux de mots, Lewis Carroll fait référence aux personnes présentes lorsqu'il raconte l'histoire, en particulier le lori (pour Lorina) et l'aiglon (« *eaglet* » en anglais résonne un peu comme Edith) qui renvoient aux sœurs d'Alice.

3

Une course au comité et une longue histoire

Ils formèrent vraiment une curieuse troupe quand ils se retrouvèrent sur la rive... les oiseaux avec les plumes qui pendaient, les autres bêtes avec la fourrure qui leur collait au corps, tous ruisselants d'eau, fâchés et mal à l'aise.

La première question était, bien sûr, comment se sécher. Ils se consultèrent à ce sujet et, au bout de quelques minutes, il sembla tout naturel à Alice de parler familièrement avec eux, comme si elle les avait fréquentés toute sa vie. Et même, elle eut une assez longue discussion avec le Lori qui finit par se renfrogner[1] en refusant de dire autre chose que : « Je suis plus vieux que toi et je dois mieux savoir ! » Cela, Alice ne voulut pas l'admettre sans savoir son âge. Et comme il refusa obstinément[2] de le dire, la discussion en resta là.

1. **Se renfrogner** : faire la tête, bouder.
2. **Obstinément** : avec entêtement.

Le comité désigne un groupe de personnes qui se réunissent pour prendre des décisions. Le terme anglais « *caucus race* » a un sens péjoratif*, contrairement au terme neutre de la traduction.

À la fin, la Souris, qui paraissait être une personne d'autorité parmi eux, cria :

– Asseyez-vous, tous, et écoutez-moi. J'aurai vite fait de vous sécher.

Tous s'assirent aussitôt en formant un grand cercle avec la Souris au milieu. Alice la fixa avec anxiété car elle était sûre qu'elle attraperait un mauvais rhume si elle ne se séchait pas très bientôt.

– Heum ! commença la Souris, en prenant un air important, êtes-vous tous prêts ? Voici le récit le plus sec que je connais. Silence tout autour, je vous prie ! « Guillaume le Conquérant, dont la cause était soutenue par le pape, fut bientôt reconnu[1] par les Anglais, qui avaient besoin de chefs et qui s'étaient habitués depuis un certain temps à l'usurpation[2] et à la conquête. Edwin et Morcar, les comtes de Mercie et de Northumbrie... »

– Berk ! fit le Lori en frissonnant.

– Je vous demande pardon, dit la Souris en fronçant les sourcils, mais très poliment. Vous avez parlé ?

– Pas moi ! s'empressa de répondre le Lori.

– Je croyais que c'était le cas, dit la Souris... Je continue. « Edwin et Morcar, les comtes de Mercie et de Northumbrie, se déclarèrent pour lui. Et même Stigand[3], l'archevêque de Cantorbéry, pourtant patriote[4], trouva cela raisonnable... »

– Trouva quoi donc ? demanda le Canard.

1. **Reconnu** : considéré comme légitime.
2. **Usurpation** : fait de s'approprier quelque chose de façon illégitime.
3. **Edwin, Morcar, Stigand** : personnages de l'histoire anglaise.
4. **Patriote** : qui aime sa patrie, son pays.

Alice et les animaux de la mare. Illustration de Ralph Steadman (1967).

– Trouva cela, répondit la Souris plutôt irritée. Vous savez bien ce que « cela » veut dire.

– Je sais suffisamment bien ce que cela veut dire quand je trouve quelque chose, dit le Canard. En général c'est une grenouille ou un ver. La question est : qu'a trouvé l'archevêque● ?

La Souris ignora la question et se hâta de continuer :

– ... « Trouva cela raisonnable d'aller avec Edgard Atheling[1] à la rencontre de Guillaume pour lui offrir la couronne. Au début,

1. **Edgard Atheling** : prétendant au trône d'Angleterre, il se soumet ensuite à Guillaume le Conquérant.

● **Jeu de mots avec les sens propre et figuré* : la souris emploie le verbe « trouver » au sens figuré (« considérer ») alors que le canard l'emploie au sens propre (« trouver quelque chose »).**

la conduite du Conquérant fut modérée. Mais l'insolence de ses Normands... » Comment te sens-tu à présent, ma chère enfant ? demanda-t-elle en se tournant vers Alice.

– Aussi mouillée qu'avant, dit Alice d'une voix triste. Il me semble que ça ne me sèche pas du tout.

– Dans ce cas, dit le Dodo d'un ton pompeux[1] en se mettant sur ses pieds, je vote pour un ajournement[2] de l'assemblée afin de permettre l'adoption immédiate[3] de mesures[4] plus énergiques...

– Parlez donc anglais ! dit l'Aiglon. Je ne connais pas le sens de la moitié de ces grands mots et, en plus, je crois que vous non plus.

Sur quoi, il baissa la tête pour cacher un sourire tandis que plusieurs des autres oiseaux ricanaient ouvertement.

– Ce que j'allais dire, poursuivit le Dodo d'un ton offensé[5], c'est que la meilleure chose à faire pour nous sécher serait une course au comité.

– Qu'est-ce qu'une course au comité ? demanda Alice.

Elle ne tenait pas tant que ça à le savoir, en fait, mais le Dodo se taisait comme s'il s'attendait à ce que quelqu'un parle et personne ne semblait décidé à le faire.

– Ma foi, dit le Dodo, le meilleur moyen de l'expliquer c'est encore de la faire.

(Et comme vous pourriez avoir envie d'essayer vous-même, un jour d'hiver, je vais vous dire comment le Dodo s'y prit.)

D'abord il traça une piste, plus ou moins circulaire (« la forme exacte importe peu », dit-il), puis tous les membres de la troupe

1. **Pompeux** : prétentieux et ridicule.
2. **Ajournement** : on remet une décision à plus tard.
3. **Adoption immédiate** : fait d'accorder à l'instant.
4. **Mesures** : décisions, résolutions.
5. **Offensé** : très vexé.

furent disposés[1] le long de cette piste, ici et là. Ensuite, il n'y eut pas de « un, deux, trois, partez ! » Chacun se mit à courir quand il voulut et s'arrêta quand il voulut, de telle sorte qu'il fut difficile de savoir quand la course fut terminée. Toutefois, quand ils eurent couru pendant une demi-heure à peu près, et que tous furent de nouveau secs, le Dodo cria soudain : « La course est finie ! » Tous se pressèrent alors autour de lui, hors d'haleine[2], et demandèrent :

– Mais qui a gagné ?

À cette question, le Dodo ne put pas répondre avant d'y avoir abondamment[3] réfléchi. Il resta un long moment le doigt posé sur le front (la posture dans laquelle on voit habituellement Shakespeare● sur les images qui le représentent), tandis que les autres attendaient en silence.

Finalement, le Dodo déclara :

– Tout le monde a gagné et tout le monde doit avoir un prix.

– Mais qui va donner les prix ? demanda un chœur de voix[4].

– Eh bien ! elle, évidemment ! dit le Dodo en montrant Alice du doigt.

Aussitôt ils se bousculèrent tous autour d'Alice, en criant de façon confuse : « Les prix ! Les prix ! »

Alice ne savait pas du tout que faire. En désespoir de cause, elle mit la main à sa poche et en tira une boîte de dragées (heureusement l'eau salée n'y était pas entrée). Elle les distribua en guise de prix. Il y en eut juste une pour chacun.

– Mais il faut qu'elle ait un prix, elle aussi, dit la Souris.

1. **Disposés** : placés.
2. **Hors d'haleine** : très essoufflés.
3. **Abondamment** : énormément.
4. **Chœur de voix** : groupe de personnes qui parlent en même temps.

● **William Shakespeare (1564-1616) est l'un des plus grands écrivains anglais. Il a notamment écrit *Roméo et Juliette* et a influencé des générations d'auteurs.**

– Bien sûr, répliqua le Dodo avec beaucoup de gravité. Qu'as-tu d'autre dans ta poche ? demanda-t-il en se tournant vers Alice.

– Juste un dé à coudre, dit Alice tristement.

– Donne-le-moi, dit le Dodo.

Alors tous se pressèrent de nouveau autour d'elle tandis que le Dodo lui remettait solennellement[1] le dé à coudre en disant : « Nous vous prions de bien vouloir accepter cet élégant dé à coudre. » Et quand il eut fini ce bref discours, tous applaudirent.

Alice jugea que c'était complètement absurde mais ils semblaient tous si sérieux qu'elle n'osa pas rire. Et, comme elle ne parvenait pas à trouver quelque chose à dire, elle s'inclina seulement et prit le dé en faisant la mine la plus solennelle possible.

Il fallut ensuite manger les dragées, ce qui causa du bruit et de la confusion[2] car les grands oiseaux se plaignirent de ne pas trouver le goût de la leur, tandis que les petits s'étranglèrent au point qu'il fallut leur donner des tapes dans le dos. Néanmoins cela s'acheva enfin, et ils se rassirent en cercle autour de la Souris, en la priant de leur raconter encore quelque chose.

– Vous avez promis de me raconter votre histoire, vous savez, dit Alice. Et de dire pourquoi vous détestez... les Ch et les Ch, ajouta-t-elle dans un murmure, un peu inquiète qu'elle puisse se vexer à nouveau.

– C'est une histoire bien triste, commença la Souris dans un soupir en se tournant vers Alice, et bien longue que la mienne.

– Longue queue●, vous pouvez le dire ! dit Alice en fixant avec étonnement celle de la Souris. Mais pourquoi est-elle triste ?

1. **Solennellement** : officiellement.
2. **Confusion** : désordre.

● **Jeu de mots fondé sur l'homonymie* de « longue que » et de « longue queue » (le traducteur a repris ce jeu de mots, à l'origine entre *tale* et *tail*, histoire et queue).**

Et elle continua d'y réfléchir pendant que la Souris parlait ; si bien que dans son esprit, l'histoire prit à peu près cette forme :

Fury dit à une souris
Qu'il trouva chez lui :
Allons au tribunal,
Je t'attaque
en justice.
Pas question
de délais,
Je te fais
un procès,
Car vois-tu
ce matin,
Je n'ai rien
d'autre
en train :
La souris
répondit
au roquet[1] :
Monsieur,
un tel procès,
Sans juge
ni jurés
C'est du
temps
gaspillé.
Je serai

1. **Roquet** : terme péjoratif* désignant un petit chien hargneux qui aboie beaucoup.

juge et
partie[1],
dit ce
futé[2] de
Fury.
La
cause
est en
ten
due :
Tu
se
ras
pen
due !

– Tu n'écoutes pas, dit la Souris à Alice sévèrement. À quoi penses-tu ?

– Je vous demande pardon, dit Alice, très humblement[3]. Nous en étions arrivés à la cinquième courbe, je pense.

Furieuse, la Souris s'exclama :

– Nous ! et…

– Nouée ! l'interrompit Alice, toujours prête à rendre service. Laissez-moi donc vous aider à défaire le nœud !

1. **Juge et partie** : à la fois celui qui juge et celui qui vient exposer sa requête au tribunal. Fury est donc assuré d'obtenir ce qu'il veut puisque c'est lui qui décide !
2. **Futé** : astucieux.
3. **Humblement** : modestement.

Le poème prend la forme de la queue de la souris, c'est un calligramme*.

Nouveau jeu de mots entre « nous et » et « nouée » : *had not* (n'a pas) et *a knot* (un nœud) en anglais.

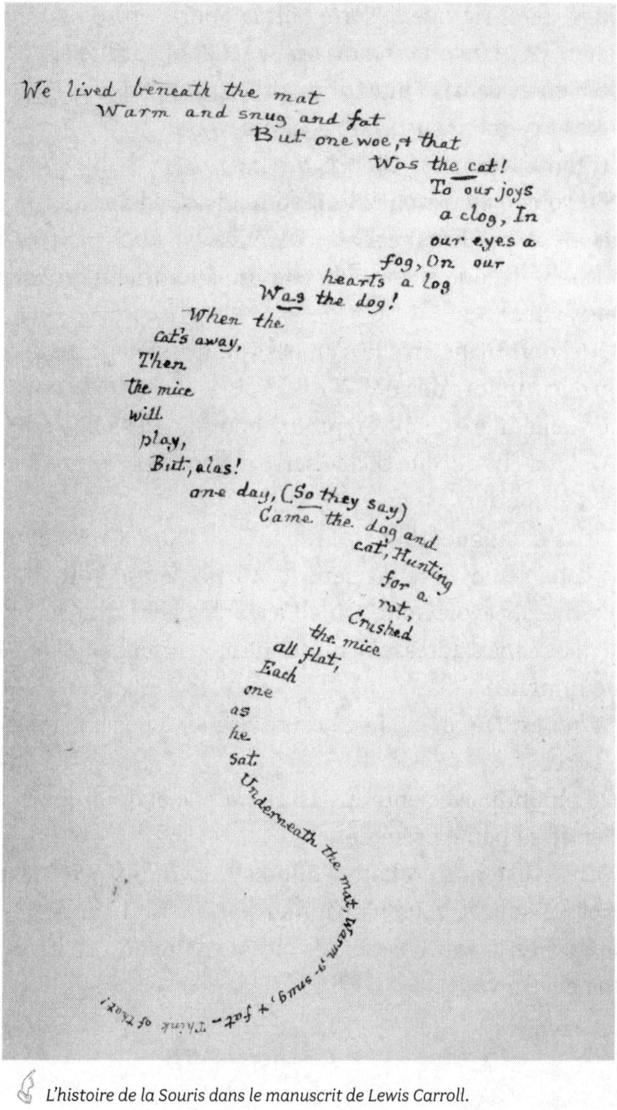
We lived beneath the mat
Warm and snug and fat
But one woe, & that
Was the cat!
To our joys
a clog, In
our eyes a
fog, On our
hearts a log
Was the dog!
When the
cat's away,
Then
the mice
will
play,
But, alas!
one day, (So they say)
Came the dog and
cat, Hunting
for a
rat,
Crushed
the mice
all flat,
Each
one
as
he
sat
Underneath the mat, Warm & snug & fat – Think of that!

L'histoire de la Souris dans le manuscrit de Lewis Carroll.

– Je ne ferai rien de la sorte ! dit la Souris en se levant pour s'en aller. Tu m'insultes en disant de telles absurdités !

– Je n'en avais pas l'intention ! protesta la pauvre Alice. Mais vous êtes tellement susceptible, savez-vous ?

Pour toute réponse, la Souris grogna.

– S'il vous plaît, revenez finir votre histoire ! appela Alice.

Tous les autres firent écho : « Revenez, s'il vous plaît ! » Mais la Souris ne fit que secouer la tête impatiemment et trotta un peu plus vite.

– Quel dommage qu'elle n'ait pas voulu rester, soupira le Lori dès qu'elle fut hors de vue.

Une vieille mère Crabe en profita pour dire à sa fille :

– Ah ! ma chérie, que ceci te serve de leçon et t'apprenne à ne jamais t'emporter.

– Tiens ta langue, m'man ! répliqua la jeune Crabe d'un ton pincé. À toi seule, tu ferais perdre patience à une huître !

– J'aimerais avoir notre Dinah ici, vraiment ! dit Alice à voix haute mais sans s'adresser à personne en particulier. Elle l'aurait eu vite ramenée.

– Et qui est Dinah ? si je peux me risquer à poser la question, dit le Lori.

Alice répondit avec enthousiasme car elle était toujours prête à parler de sa petite préférée.

– Dinah est notre chatte. Elle est vraiment experte pour attraper les souris, vous n'imaginez pas. Et, oh ! j'aimerais que vous puissiez la voir chasser les oiseaux. Elle dévore un oiselet à peine elle l'a vu !

Ces propos firent remarquablement sensation dans l'assemblée. Certains oiseaux s'enfuirent à la hâte. Une vieille Pie se mit à s'emmitoufler dans ses plumes en remarquant : « Il me faut rentrer, l'air de la nuit ne me vaut rien pour la gorge. » Et une mère Canari appela ses enfants d'une voix tremblante : « Venez, mes anges, il est grand temps que vous alliez au lit. »

Sous divers prétextes, tous s'en allèrent et Alice se retrouva bientôt toute seule.

« J'aimerais ne pas avoir parlé de Dinah, se dit-elle avec mélancolie[1]. Personne ne semble l'aimer ici en bas, pourtant je suis bien sûre qu'elle est la meilleure chatte du monde. Ma pauvre Dinah ! je me demande si je te reverrai un jour ! »

Alors, la pauvre Alice se remit à pleurer car elle se sentait très seule et très abattue[2]. Au bout d'un petit moment, cependant, elle entendit dans le lointain un léger bruit de pas et se mit à regarder intensément dans sa direction en espérant à demi que la Souris avait changé d'avis et revenait finir son histoire.

1. **Mélancolie** : tristesse.
2. **Abattue** : démoralisée.

4

Le Lapin envoie un Petit Bill

C'était le Lapin Blanc qui revenait au petit trot. Il regardait nerveusement autour de lui, comme s'il avait égaré quelque chose. Et elle l'entendit marmotter[1] :

– La Duchesse ! La Duchesse ! Oh mes pauvres pattes ! Oh ma fourrure et ma moustache ! Elle me fera exécuter, aussi sûr qu'un furet[2] est un furet ! Où ai-je bien pu les laisser tomber ?

Alice comprit aussitôt qu'il cherchait son éventail et ses gants en chevreau blanc, et, pleine de bonne volonté, se mit à les chercher elle aussi par-ci par-là. Mais ils n'étaient visibles nulle part... Tout semblait avoir changé depuis sa baignade dans la mare de larmes et la grande salle avait disparu avec la table de verre et la petite porte.

1. **Marmotter** : marmonner.
2. **Furet** : petit mammifère au pelage clair de la famille de la belette.

Bill a deux significations en anglais : c'est à la fois le diminutif de William et un papier contenant une information (consigne, addition, etc.). La traduction « Un petit Bill » désigne le personnage de Bill mais aussi l'ordre donné au serviteur.

Très vite le Lapin remarqua Alice, qui continuait de chercher ; il l'interpella d'une voix irritée :

– Eh bien, Marie-Anne ! Que faites-vous ici ? Courez à la maison sur-le-champ et rapportez-moi une paire de gants et un éventail. Vite !

Alice fut tellement effrayée qu'elle partit aussitôt en courant dans la direction qu'il venait d'indiquer, sans même essayer de lui expliquer l'erreur qu'il avait faite.

« Il m'a prise pour la bonne, se dit-elle tandis qu'elle courait. Comme il sera surpris quand il découvrira qui je suis. Mais il vaudrait mieux que je lui rapporte son éventail et ses gants... c'est-à-dire si je les trouve. »

Elle parvint ainsi devant une petite maison bien tenue avec, sur la porte, une plaque de cuivre brillant où ce nom était gravé : *LAPIN B*. Elle entra sans frapper et se hâta de monter à l'étage, tout effrayée à l'idée de tomber sur la vraie Marie-Anne et se faire jeter dehors avant d'avoir trouvé l'éventail et les gants.

« Comme cela me paraît bizarre, se dit-elle, de faire les commissions d'un lapin ! Je suppose que la prochaine fois, ce sera Dinah qui me chargera des siennes ! »

Et elle se mit à imaginer la façon dont cela se passerait. « Miss Alice, venez immédiatement vous habiller pour la promenade ! – J'arrive tout de suite, mademoiselle ! Mais je dois veiller à ce que la souris ne s'enfuie pas ! » « Seulement, songea-t-elle, je ne crois pas qu'on garderait Dinah à la maison si elle se mettait à commander les gens de la sorte ! »

Entretemps, elle avait fait son chemin jusqu'à une petite chambre bien rangée, avec une table devant la fenêtre et, posés dessus (comme elle l'espérait), un éventail et deux ou trois paires de tout petits gants blancs en chevreau. Elle prit l'éventail et une paire de gants, et elle allait quitter la chambre quand ses yeux se posèrent sur un petit flacon qui se trouvait près du miroir. Cette fois, il n'y avait pas d'étiquette avec les mots *BOIS-MOI*, pourtant elle le déboucha et le porta à ses lèvres. « Je sais qu'il arrive à coup sûr quelque chose d'intéressant à chaque fois que je mange ou que je bois, se dit-elle. J'espère vraiment que ceci va me faire grandir à nouveau car, vraiment, j'en ai tout à fait assez d'être une créature aussi minuscule. »

De fait, cela la fit grandir, et plus tôt qu'elle l'escomptait[1] : avant d'avoir bu la moitié du flacon, elle sentit que sa tête touchait le plafond ; il lui fallut se courber pour éviter de se briser la nuque. Elle reposa précipitamment la bouteille en se disant :

« Ça suffit amplement ! J'espère ne pas grandir plus... Déjà, je ne peux plus sortir par la porte... J'aimerais ne pas en avoir bu autant ! »

Hélas, il était trop tard pour un tel souhait ! Elle continua de grandir et de grandir encore et, bientôt, elle dut s'agenouiller sur le plancher. Au bout d'une minute, même ainsi, elle n'avait plus assez de place. Elle essaya de s'allonger par terre, un coude contre la porte et l'autre bras autour de la tête. Toutefois, comme elle grandissait toujours, elle dut sortir un bras par la fenêtre et glisser un pied dans la cheminée. « Maintenant, se dit-elle, je ne peux rien faire de plus. Que va-t-il encore m'arriver ? »

Heureusement pour Alice, le contenu du petit flacon magique avait produit tout son effet, aussi ne grandit-elle pas plus. Cependant sa situation demeurait très inconfortable et, comme il semblait ne pas y avoir d'espoir qu'elle puisse ressortir de la chambre, il ne faut pas s'étonner si elle se sentait malheureuse.

1. **Escomptait** : ne le pensait.

Alice dans la chambre du Lapin.
Photogramme du film réalisé par William Sterling (1972).

« C'était bien plus agréable à la maison, songea la pauvre Alice, quand on n'était pas sans cesse à grandir et à rapetisser, ni à se faire commander par des souris ou des lapins. Pour un peu, je souhaiterais presque n'être jamais entrée dans ce terrier... et pourtant... pourtant... c'est assez curieux, voyez-vous, la vie qu'on mène ici. Je me demande ce qu'il m'est arrivé en réalité. Quand je lisais des contes de fées, je pensais que ce genre d'aventure n'arrivait jamais mais, pour l'heure, je me trouve en plein dans une d'elles. Il devrait y avoir un livre sur moi, vraiment ! En fait, quand je serai grande, je l'écrirai... »

– Mais je suis grande ! ajouta-t-elle sur un ton plaintif, ou, du moins, il n'y a aucune place ici pour que je grandisse plus... Mais alors, reprit-elle, est-ce que je ne serai jamais plus vieille qu'à présent ? C'est réconfortant, d'un côté... ne jamais devenir une vieille dame... mais d'un autre... toujours des leçons à apprendre ! Oh ! je n'aimerais pas ça du tout !

– Quelle bête tu es ! se répondit-elle à elle-même. Comment pourrais-tu apprendre des leçons ici ? Il y a à peine de la place pour toi, et pas du tout pour des livres de classe !

Elle continua ainsi, posant les questions puis donnant les réponses, ce qui fit une conversation, après tout. Au bout d'un moment, toutefois, elle entendit une voix dehors et se tut pour écouter.

– Marie-Anne ! Marie-Anne ! disait la voix, apportez mes gants tout de suite !

Puis il y eut un petit bruit de pas dans l'escalier. Alice sut que c'était le Lapin Blanc qui venait la chercher et elle se mit à trembler si fort qu'elle en secoua toute la maison, oubliant complètement qu'elle était devenue à peu près mille fois plus grosse que le Lapin et qu'elle n'avait aucune raison d'en avoir peur.

Le Lapin venait d'arriver à la porte. Il essaya de la pousser mais, comme elle s'ouvrait à l'intérieur et que le coude d'Alice était appuyé contre, cette tentative échoua.

Alice l'entendit murmurer :

– Je vais faire le tour et entrer par la fenêtre.

« Ça, n'y compte pas ! » pensa Alice et, après avoir attendu jusqu'au moment où elle jugea que le Lapin devait se trouver juste sous la fenêtre, elle ouvrit la main et fit mine de[1] l'attraper. Elle ne put rien saisir mais entendit un petit cri aigu puis un bruit de chute et de verre brisé. Elle en conclut que le Lapin

1. **Fit mine de :** essaya.

avait pu tomber sur une serre à concombre ou quelque chose d'approchant.

Ensuite on entendit une voix colérique... celle du Lapin disant :

– Pat ! Pat ! Où êtes-vous ?

Puis une voix qu'elle n'avait encore jamais entendue :

– Ben j'suis ici ! J'arrache des pommes d'arbre●, Votr'Honneur[1].

– Vous arrachez des pommes, vraiment ! dit le Lapin avec colère. Venez m'aider à sortir de là.

(Il y eut d'autres bruits de verre brisé.)

– Et maintenant, dites-moi, Pat, qu'y a-t-il là, à cette fenêtre ?

– Pour sûr que c'est un bras, Votr'Honneur ! (Il prononçait brré.)

– Un bras ! Espèce d'oie ! Qui en a déjà vu un de cette taille ? Ma foi, il remplit toute la fenêtre.

– Pour sûr qu'il la remplit, Votr'Honneur, mais c'est un bras tout de même !

– Eh bien, il n'a rien à faire là, en tout cas ! Allez, enlevez-le !

Il y eut un long moment de silence. Alice put juste entendre chuchoter de temps à autre : « Pour sûr, je n'aime pas du tout ça, Votr'Honneur ! Du tout, du tout ! – Faites comme je vous dis, poltron[2] ! » Finalement, elle ouvrit encore la main et tenta de saisir ce qu'elle pourrait. Cette fois, il y eut deux petits cris aigus et, de nouveau, des bruits de verre brisé.

1. **Votr'Honneur** : « Votre Honneur », formule de politesse qu'emploie Pat pour s'adresser au Lapin, son maître.
2. **Poltron** : peureux.

● **Lewis Carroll fait une confusion volontaire entre les « pommes de terre » (que l'on arrache du sol) et les « pommes d'arbre » (que l'on cueille).**

« Il doit y avoir un grand nombre de serres, songea Alice. Je me demande ce qu'ils vont faire maintenant. Pour ce qui est de m'ôter[1] de la fenêtre, je souhaite seulement qu'ils y parviennent. Je ne veux pas rester ici dedans plus longtemps. »

Elle attendit un moment sans entendre rien d'autre. Finalement, il y eut le bruit sourd[2] des roues d'une carriole[3] et le son de plusieurs voix qui parlaient ensemble. Elle put saisir ces mots :

– Où est l'autre échelle ? – Ben ! j'en avais qu'une à apporter. Bill a l'autre – Bill, apporte-la ici, mon gars ! – Dressez-les là, dans ce coin – Non ! faut les attacher ensemble d'abord... elles sont pas encore à moitié assez grandes ! – Oh ! mais elles feront tout à fait l'affaire. N'en demandez pas trop ! – Tiens Bill, attrape cette corde. – Le toit sera assez solide ? – Attention à cette ardoise[4] qui se détache ! – Oh ! Elle tombe ! Gare aux têtes dessous ! (un grand bruit). – Qui donc a fait ça ? – C'est Bill, je crois bien. – Maintenant, qui va descendre par la cheminée ? – Pas moi, c'est sûr ! Allez-y vous ! – Ça, je n'irai pas ! Non ! – Bill va y descendre ! – Viens ici, Bill ! Le maître dit que c'est toi qui vas passer par la cheminée !

« Alors, Bill doit descendre par la cheminée, n'est-ce pas, se dit Alice. Ils semblent tout mettre sur le dos[5] de Bill ! Je ne voudrais pas sa place pour un empire[6] : ce foyer[7] est étroit, c'est sûr, mais je pense pouvoir donner un petit coup de pied. »

1. **Ôter** : enlever.
2. **Sourd** : étouffé.
3. **Carriole** : charrette à deux roues servant à transporter des personnes ou des marchandises.
4. **Ardoise** : les plaques d'ardoise, comme les tuiles, peuvent être utilisées pour couvrir les toits.
5. **Mettre sur le dos** : expression signifiant qu'on fait porter tous les torts à une même personne.
6. **Pour un empire** : pour rien au monde.
7. **Foyer** : cheminée.

Elle recula le pied dans la cheminée autant qu'elle le put et attendit jusqu'à ce qu'elle entende un petit animal (elle ne put pas deviner de quelle espèce il était) gratter et s'agripper aux parois du conduit[1] tout près d'elle. « Voici Bill ! » Elle donna un violent coup de pied et attendit de voir ce qui allait se passer ensuite.

La première chose qu'elle entendit fut un chœur de voix[2] criant : « Voilà Bill ! », puis celle du Lapin, toute seule : « Rattrapez-le, vous autres près de la haie ! » Ensuite, silence, puis un autre mélange de voix : « Tenez-lui la tête en haut ! – Un peu de cognac[3] ! – Ne l'étouffez pas ! – Comment c'était, mon vieux ? Que t'est-il arrivé ? Raconte-nous ! »

Enfin, une petite voix grinçante s'éleva. (« C'est celle de Bill », pensa Alice.)

– Ben, chais pas trop... Non merci, pas plus... Je vais mieux à présent... Mais chuis trop tourneboulé[4] pour raconter... Tout ce que je sais, c'est qu'une chose m'a foncé dessus comme un diable qui sort de sa boîte et chuis parti en l'air comme une fusée.

– C'est ce que tu as fait, mon pauvre ami ! dirent les autres.

– Il nous faut incendier la maison ! dit la voix du Lapin.

Alice cria aussi fort qu'elle put :

– Si vous le faites, je lance Dinah à vos trousses !

Instantanément, il se fit un silence de mort et Alice pensa : « Je me demande ce qu'ils vont inventer encore. S'ils avaient un peu de bon sens, ils enlèveraient le toit. »

1. **Conduit** : conduit de cheminée.
2. **Chœur de voix** : groupe de personnes qui parlent en même temps.
3. **Cognac** : alcool fort.
4. **Tourneboulé** : bouleversé (familier).

Au bout d'une minute ou deux, ils recommencèrent à s'agiter et Alice entendit le Lapin dire :

– Une brouettée[1] fera l'affaire, pour commencer.

« Une brouettée de quoi ? » pensa Alice, mais elle ne resta pas longtemps à s'interroger car une nuée[2] de petits cailloux vint crépiter[3] à la fenêtre et quelques-uns l'atteignirent au visage.

« Je vais arrêter ça ! » se dit-elle, et elle cria :

– Vous feriez bien de ne pas recommencer !

Ce qui provoqua un nouveau silence de mort.

Alice remarqua avec une certaine surprise que les cailloux se transformaient tous en petits gâteaux. Une idée lumineuse lui vint alors à l'esprit : « Si je mange un de ces gâteaux, pensa-t-elle, à coup sûr il me fera changer de taille, et comme il est impossible que je grandisse encore, il me fera rapetisser, je suppose. »

De sorte qu'elle avala un des gâteaux et fut ravie de constater qu'elle commençait instantanément à rétrécir. Dès qu'elle fut assez petite pour franchir la porte, elle sortit en courant de la maison et trouva une foule de petits animaux et d'oiseaux qui attendait dehors. Le pauvre petit Lézard, Bill, était au milieu, soutenu par deux Cochons d'Inde qui le faisaient boire à la bouteille. Tous s'élancèrent vers Alice au moment où elle parut mais elle s'enfuit en galopant aussi vite qu'elle le pouvait et se trouva bientôt hors d'atteinte dans un bois épais.

« La première chose à faire, se dit Alice en errant dans le bois, c'est de grandir de nouveau jusqu'à ma vraie taille. Et la seconde, de découvrir comment aller dans cet adorable jardin. Il me semble que c'est le meilleur des plans. »

1. **Brouettée** : contenu d'une brouette.
2. **Nuée** : quantité.
3. **Crépiter** : cogner à petits coups secs.

Cela semblait un excellent plan, sans nul doute[1], très net et conçu simplement. La seule difficulté était qu'elle n'avait pas la moindre idée sur la façon de le mettre à exécution[2] et, alors qu'elle inspectait le sous-bois avec un peu d'anxiété, un jappement bref juste au-dessus de sa tête lui fit soudain lever les yeux. Un énorme chiot la regardait de ses gros yeux ronds et tendait doucement une patte vers elle pour essayer de la toucher.

– Pauvre petite bête, dit Alice d'une voix câline.

Puis elle essaya de le siffler. En même temps, elle fut très effrayée à l'idée qu'il pouvait avoir faim et qu'alors il risquait bien de la manger malgré toutes ses câlineries.

Sachant à peine ce qu'elle faisait, elle ramassa un petit morceau de bois et le tendit au chiot. Aussitôt, avec un jappement de délice, il fit un bond et se jeta sur le bâton qu'il sembla vouloir prendre entre les dents. Alice se réfugia derrière un grand chardon pour éviter de se faire piétiner mais, au moment où elle reparut de l'autre côté, le chiot s'élança à nouveau sur le bâton, et roula cul par-dessus tête[3] dans sa hâte à s'en emparer. Alice, qui avait l'impression de jouer avec un cheval de labour[4] et qui s'attendait à se faire écraser à tout moment, se mit à trotter autour du chardon. Alors le chiot entama une série de brèves attaques contre le bâton en courant un peu en avant et beaucoup en arrière à chaque fois et en aboyant sans arrêt jusqu'à ce que, finalement, il se couche assez loin d'elle, haletant, la langue pendante et les yeux mi-clos.

1. **Sans nul doute** : c'est certain.
2. **Le mettre à exécution** : l'appliquer.
3. **Cul par-dessus tête** : en roulant sur lui-même.
4. **Cheval de labour** : cheval puissant que l'on attelle à la charrue pour labourer.

Cela sembla à Alice le bon moment pour réussir à s'échapper. Elle fila aussitôt et courut jusqu'à ce qu'elle soit bien fatiguée et hors d'haleine[1] et que l'aboiement du chiot ne s'entende plus qu'à peine dans le lointain.

– Pourtant, quel gentil petit chien c'était ! dit Alice qui, tout en s'appuyant à la tige d'un bouton d'or pour se reposer, s'éventait avec une de ses feuilles. J'aurais beaucoup aimé lui apprendre des tours si… si seulement j'avais eu la bonne taille pour le faire. Mon Dieu ! j'avais presque oublié que je dois grandir à nouveau. Voyons… comment y arriver ? Je suppose qu'il me faudrait manger ou boire quelque chose mais la grande question est : quoi ?

Certainement la grande question était là : quoi ? Alice regarda les fleurs et les brins d'herbe autour d'elle mais elle ne vit rien qui ressemblait à ce qu'il fallait boire ou manger étant donné les circonstances. Il y avait un grand champignon qui avait poussé non loin de là, à peu près de la même taille qu'elle et quand elle eut regardé dessous, sur les deux côtés et derrière, l'idée lui vint qu'elle pourrait aussi regarder ce qu'il y avait sur le chapeau.

Elle se dressa sur la pointe des pieds et jeta un coup d'œil par-dessus le bord du champignon. Son regard rencontra alors celui d'une grosse chenille qui était assise sur le chapeau, les bras croisés, fumant tranquillement un grand narguilé[2] en ne faisant pas du tout attention à elle ni à rien d'autre.

1. **Hors d'haleine :** très essoufflée.
2. **Narguilé :** pipe orientale dont on aspire la fumée avec un long tuyau.

5

Conseils d'une Chenille

La Chenille et Alice s'entre-regardèrent un moment en silence. Puis la Chenille ôta le houka[1] de sa bouche et s'adressa à Alice d'une voix langoureuse[2] et ensommeillée :

– Qui es-tu, toi ? dit la Chenille.

Ce n'était pas un début très encourageant pour une conversation. Alice répondit, assez timidement :

– Je... Je ne sais pas trop, monsieur, pour le moment. Je sais au moins qui j'étais quand je me suis levée ce matin mais il me semble que j'ai été changée plusieurs fois depuis.

– Que veux-tu dire par là ? dit la Chenille d'un ton sévère. Explique-toi !

– Je ne peux pas m'expliquer, monsieur, j'en ai peur, parce que je ne suis pas moi, voyez-vous.

– Je ne vois pas, dit la Chenille.

– Je crains de ne pas pouvoir l'exprimer mieux, répondit Alice très poliment, parce que je n'arrive pas à le comprendre

1. **Houka** : pipe.
2. **Langoureuse** : douce et rêveuse.

moi-même, pour commencer. Et avoir autant de tailles différentes en une seule journée est très déroutant.

– Non pas ! dit la Chenille.

– Eh bien ! peut-être n'avez-vous pas encore trouvé que c'était le cas, dit Alice. Mais quand vous devrez vous transformer en chrysalide[1]... ça vous arrivera, savez-vous... et ensuite en papillon, je pense que vous trouverez cela un peu bizarre.

– Pas du tout ! dit la Chenille.

– Eh bien ! peut-être votre sentiment est-il différent, dit Alice. Tout ce que je sais c'est que cela me semblerait bizarre, à moi.

– À toi, dit la Chenille avec mépris. C'est qui, toi ?

Ce qui les ramena au début de la conversation. Alice se sentait un peu irritée parce que la Chenille faisait des remarques tellement courtes. Aussi se redressa-t-elle de toute sa hauteur et dit, d'un ton extrêmement sérieux :

– Je pense que vous devriez me dire d'abord qui vous êtes, vous.

– Pourquoi ? dit la Chenille.

C'était là une autre question embarrassante. Comme elle ne pouvait penser à aucune bonne raison et que la Chenille semblait être dans de très déplaisantes dispositions, Alice s'en alla.

– Reviens ! la rappela la Chenille. J'ai quelque chose d'important à te dire.

Cela semblait prometteur. Alice fit demi-tour et revint.

– Garde ton calme ! dit la Chenille.

– Est-ce tout ? dit Alice en ravalant sa colère de son mieux.

– Non, dit la Chenille.

1. **Chrysalide** : étape intermédiaire entre la chenille et le papillon. La chrysalide est alors enfermée dans un cocon.

Alice pensa qu'elle pouvait aussi bien attendre vu qu'elle n'avait rien d'autre à faire, et que, peut-être, après tout, la Chenille lui dirait quelque chose qui vaille la peine. Pendant quelques minutes, celle-ci fuma en silence. Enfin, elle décroisa les bras, ôta de nouveau sa pipe de la bouche et dit :

– Ainsi tu penses que tu es changée, n'est-ce pas ?

– J'en ai bien peur, monsieur ; je n'arrive plus à me souvenir des choses que je savais… et je ne garde pas la même taille plus de dix minutes d'affilée[1].

– Peux plus te souvenir de quelles choses ? dit la Chenille.

– Eh bien ! j'ai essayé de dire *La vaillante petite abeille* mais ce qui m'est venu était très différent, dit Alice d'une voix très triste.

– Récite *Vous êtes vieux, père Guillaume*●, dit la Chenille.

Alice croisa les bras et commença :

– *Vous êtes vieux, Père Guillaume, dit le jeune homme*
Et vos cheveux sont tous très blancs
Pourtant vous vous tenez sans cesse sur la tête.
Est-ce bien, vraiment, à votre âge ?

Quand j'étais jeune, répondit le Père à son fils,
J'avais grand peur pour ma cervelle.
Bien certain, à présent, de ne pas en avoir,
Je le fais et refais sans trêve[2].

1. **D'affilée** : de suite.
2. **Sans trêve** : sans arrêt.

● **Le poème récité par Alice est la parodie* d'un poème ennuyeux de Robert Southey (1774-1843) que l'on faisait apprendre aux enfants car il donne une leçon. Lewis Carroll modifie les paroles, ce qui explique la réaction de la Chenille : « C'est faux du début à la fin. »**

Vous êtes vieux, reprit le jeune, je vous l'ai dit,
Et d'un embonpoint[1] *peu commun.*
Mais vous passez le seuil[2] *d'une pirouette arrière.*
Pour quelle raison, je vous prie ?

Le sage dit, hochant la tête : Dans ma jeunesse,
J'ai gardé toute ma souplesse
En utilisant cet onguent[3] *– dix sous*[4] *la boîte.*
Permets-moi de t'en vendre deux.

Vous êtes vieux, redit le jeune, et vos gencives
Peinent à broyer de la graisse.
Mais vous avez mangé une oie, carcasse[5] *et bec.*
Dites, comment avez-vous fait ?

Le père dit : Dans ma jeunesse, j'ai fait du droit
Et débattu avec ma femme
Cas après cas. Ainsi j'ai musclé ma mâchoire
Pour le restant de mes années.

Vous êtes vieux, lui dit le jeune, nul ne croirait
Votre œil aussi fiable qu'avant.
Mais vous portez d'aplomb[6]*, sur le nez, une anguille*[7].
Comment êtes-vous si habile ?

1. **Embonpoint** : qui a du ventre.
2. **Passez le seuil** : franchissez la porte d'entrée.
3. **Onguent** : pommade.
4. **Sous** : pièces de monnaie.
5. **Carcasse** : tous les os.
6. **D'aplomb** : à la verticale, tout droit.
7. **Anguille** : poisson d'eau douce long et fin.

À trois questions, j'ai donné réponse, a dit son père.
Il suffit, et oublie ces airs !
Crois-tu que tout un jour j'entendrai ces sornettes[1] *?*
File ou je te botte les fesses.

– Ce n'est pas bien récité, dit la Chenille.

– Pas tout à fait bien, j'en ai peur, dit Alice timidement. Certains des mots sont changés.

– C'est faux du début à la fin, dit la Chenille d'un ton catégorique.

Et il y eut un moment de silence.

La Chenille fut la première à parler de nouveau :

– Quelle taille veux-tu avoir ? demanda-t-elle.

– Oh ! je ne suis pas fixée pour la taille, répondit vivement Alice. Seulement, personne n'aime en changer aussi souvent, vous savez.

– Je ne sais pas du tout, dit la Chenille.

Alice ne dit rien. Elle n'avait pas été contredite à ce point de toute sa vie et sentait qu'elle était en train de perdre patience.

– En es-tu satisfaite maintenant ? dit la Chenille.

– Eh bien ! j'aimerais être un petit peu plus grande, monsieur, si cela ne vous ennuie pas, dit Alice. Sept centimètres est une taille tellement misérable[2] !

– C'est une excellente taille, dit la Chenille avec colère tout en se redressant (elle mesurait juste sept centimètres).

– Mais je n'y suis pas habituée, se défendit la pauvre Alice d'un ton piteux[3].

1. **Sornettes** : sottises.
2. **Misérable** : qui fait pitié.
3. **Piteux** : gêné, qui a honte.

Elle pensa : « J'aimerais que toutes ces créatures ne se fâchent pas aussi facilement ! »

– Tu t'y habitueras, avec le temps, dit la Chenille.

Et elle remit le houka dans sa bouche et recommença à fumer.

Cette fois, Alice attendit patiemment que la Chenille se décide à reprendre la parole. Au bout de deux ou trois minutes, elle ôta la pipe de sa bouche, bâilla une fois ou deux et s'ébroua[1]. Puis elle descendit du champignon et s'éloigna en rampant dans l'herbe, en faisant seulement cette remarque : « Un côté te fera grandir et l'autre côté, rapetisser. »

« Un côté de quoi ? L'autre côté de quoi ? » se demanda Alice.

– Du champignon, dit la Chenille, comme si Alice avait posé la question à voix haute.

Un instant plus tard, elle était hors de vue.

Alice resta quelque temps à observer pensivement le champignon, essayant de deviner où étaient ses deux côtés. Comme il était parfaitement rond, elle trouva que c'était une question très difficile. Pourtant, elle finit par entourer le chapeau[2] de ses bras en les étendant autant que possible et par en prendre un morceau dans chaque main.

« Et maintenant, lequel est lequel ? » se demanda-t-elle avant de grignoter un peu du morceau de droite pour voir l'effet qu'il ferait. Aussitôt, elle sentit un coup violent sous le menton : il venait de heurter ses pieds !

Elle fut effrayée par ce changement brutal mais jugea qu'il n'y avait pas un moment à perdre car elle continuait de rétrécir rapidement. Elle se mit donc en devoir de manger un peu de l'autre morceau. Seulement son menton était tellement serré contre

1. **S'ébroua** : se secoua.
2. **Chapeau** : celui du champignon.

Une illustration de Lewis Carroll dans son manuscrit.

ses pieds qu'elle avait à peine la place d'ouvrir la bouche. Elle finit par y parvenir, et put avaler un bout du morceau de gauche.

– Voilà ma tête libre, enfin ! dit Alice d'un ton ravi.

Un ravissement[1] qui, très vite, tourna à l'inquiétude quand elle découvrit que ses épaules n'étaient plus nulle part. Tout ce qu'elle put voir, quand elle regarda vers le bas, ce fut une immense longueur de cou qui semblait surgir, pareil à un brin de paille, d'une mer de feuilles vertes qui s'étendait bien plus bas.

– Qu'est-ce que ça peut être, tout ce vert ? dit Alice. Et où sont allées mes épaules ? Et... Oh ! mes pauvres mains ! Comment se fait-il que je ne puisse plus vous voir ?

Elle les remuait en parlant mais sans obtenir aucun résultat sinon un léger frémissement parmi les feuilles vertes, au loin.

Comme il semblait qu'il n'y avait aucune chance qu'elle puisse les remonter jusqu'à sa tête, elle essaya d'incliner cette dernière

1. **Ravissement** : satisfaction.

vers elles, et fut enchantée de découvrir qu'elle pouvait plier le cou facilement en tous sens, comme un serpent. Elle venait de parvenir à le courber en un gracieux zigzag et elle s'apprêtait à plonger dans le feuillage, qui n'était, elle s'en aperçut alors, que la cime des arbres sous lesquels elle avait erré, quand un violent sifflement la fit reculer précipitamment : un gros pigeon lui avait sauté au visage et la frappait violemment de ses ailes.

– Serpent● ! hurla le Pigeon.

– Je ne suis pas un serpent, dit Alice avec indignation. Laissez-moi tranquille.

– Serpent, je le redis, répéta le Pigeon, mais d'un ton plus mesuré.

Sur quoi il ajouta, avec une espèce de sanglot :

– J'ai essayé toutes les solutions mais rien ne semble convenir.

– Je n'ai pas la moindre idée de ce dont vous parlez, dit Alice.

– J'ai essayé les racines d'arbres, j'ai essayé les talus et j'ai essayé les haies, continua le Pigeon sans faire attention à elle, mais ces serpents ! Ils n'en ont jamais assez !

Alice était de plus en plus perplexe[1] mais elle jugea qu'il ne servirait à rien de dire quelque chose avant que le Pigeon ait fini.

– Comme si mener la couvée à bon terme[2] n'était pas un souci suffisant ! dit le Pigeon. Il me faut rester à guetter les serpents jour et nuit. Je n'ai pas fermé l'œil depuis trois semaines !

– Je suis désolée que vous ayez eu des ennuis, dit Alice qui commençait à comprendre ce qu'il voulait dire.

1. **Perplexe** : embarrassée.
2. **Mener la cuvée à bon terme** : surveiller et couver les œufs pour qu'ils éclosent.

● **En anglais, Lewis Carroll n'écrit pas *snake* mais *Serpent* qui a un sens plus fort, car *snake* désigne l'animal alors que *Serpent* renvoie au serpent de la Bible (démon).**

– Et juste quand j'avais choisi l'arbre le plus haut du bois, poursuivit le Pigeon en se remettant à hurler, juste quand je pensais en être enfin débarrassé, il faut qu'ils descendent du ciel en se tortillant. Bouh ! serpent !

– Mais je ne suis pas un serpent, je vous assure, dit Alice. Je suis une... Je suis une...

– Alors, tu es quoi ? dit le Pigeon. Je vois bien que tu es en train d'essayer d'inventer quelque chose.

– Je... Je suis une petite fille, dit Alice en hésitant parce qu'elle repensait à toutes les transformations qu'elle avait subies ce jour-là.

– Une histoire vraiment crédible ! dit le Pigeon sur le ton du plus profond mépris. J'ai vu bon nombre de petites filles dans ma vie mais jamais aucune avec un cou comme celui-là. Non, non ! Tu es un serpent, ce n'est pas la peine de le nier. Je suppose que tu vas me dire à présent que tu n'as jamais goûté à un œuf.

– J'ai goûté à des œufs, certainement, dit Alice qui était une enfant très sincère. Mais les petites filles mangent des œufs autant que les serpents, vous savez.

– Je ne le crois pas, dit le Pigeon, mais si elles le font, alors, ce sont des sortes de serpents, voilà tout ce que je peux dire.

C'était une idée si nouvelle pour Alice qu'elle garda le silence une minute ou deux, ce qui donna au Pigeon l'occasion d'ajouter :

– Tu cherches des œufs, je le sais bien assez. Et que tu sois une petite fille ou un serpent, quelle importance cela a-t-il ?

– Une importance énorme pour moi, se hâta de dire Alice. Mais il se trouve que je ne cherche pas des œufs ; et même si c'était le cas, je ne voudrais pas des vôtres car je ne les aime pas crus.

– Alors va-t'en, dit le Pigeon d'un ton bougon[1] en se reposant sur son nid.

Alice s'accroupit au milieu des arbres comme elle put, et cela n'alla pas sans mal car son cou s'emmêlait sans cesse aux branches ; à plusieurs reprises, elle dut même s'arrêter pour le dégager. Au bout d'un moment, elle se rappela qu'elle avait toujours les deux morceaux de champignon à la main. Elle se mit alors à l'ouvrage très prudemment, grignotant tantôt de l'un, tantôt de l'autre, grandissant parfois puis rapetissant ensuite, jusqu'à ce qu'elle réussisse, enfin, à se ramener à sa taille habituelle.

Il y avait si longtemps qu'elle n'avait pas mesuré la bonne hauteur qu'elle éprouva une impression étrange au début. Au bout de quelques minutes, cependant, elle s'y habitua et se remit à discuter avec elle-même comme à son habitude.

– Bon ! voici une moitié de mon plan réalisée. Mais que tous ces changements sont bouleversants ! Je ne suis jamais sûre de ce que je serai la minute suivante. En tout cas, j'ai retrouvé ma bonne taille. La chose à faire ensuite est d'aller dans cet adorable jardin – mais comment y parvenir, je me le demande bien.

Elle disait cela quand elle arriva brusquement à une clairière[2] où se dressait une petite maison, haute environ d'un mètre vingt. « J'ignore qui vit ici, pensa Alice, mais il ne me faut pas arriver chez ces gens avec ma taille actuelle sinon je leur ferai une surprise épouvantable. » Elle se mit donc à grignoter le morceau de champignon de la main droite et attendit, pour s'approcher de la maison, de ne plus mesurer que vingt-cinq centimètres.

1. **Bougon** : râleur.
2. **Clairière** : pré dans un bois ou une forêt.

6

Cochon et Poivre

Une minute ou deux, elle resta sur place à regarder la maison et à se demander ce qu'elle allait faire quand un laquais en livrée[1] sortit du bois en courant (elle considéra que c'était un laquais parce qu'il était en livrée, sans quoi, à le juger sur la figure, elle l'aurait appelé un poisson). Il frappa du poing à la porte, bruyamment. Celle-ci fut ouverte par un autre laquais en livrée, avec une face ronde et de gros yeux, comme une grenouille. Tous les deux, Alice le remarqua, portaient une perruque frisée et poudrée qui leur couvrait toute la tête. Elle se sentit très curieuse de savoir de quoi il s'agissait aussi fit-elle quelques pas hors du bois, pour écouter.

Le Laquais-Poisson commença par tirer de sous son bras une immense lettre, presque aussi grande que lui, et la remit à l'autre en disant sur un ton solennel[2] :

1. **Laquais en livrée** : domestique revêtu de son uniforme.
2. **Solennel** : officiel, cérémonieux.

– Pour la Duchesse. Une invitation de la part de la Reine, à jouer au croquet●.

Le Laquais-Grenouille répéta sur le même ton solennel, en changeant seulement un peu l'ordre des mots :

– De la part de la Reine. Une invitation pour la Duchesse à jouer au croquet.

Puis tous deux s'inclinèrent profondément et leurs frisures[1] s'emmêlèrent.

Alice rit tellement en les voyant faire qu'elle dut courir dans le bois de peur qu'ils l'entendent. Quand, à nouveau, elle risqua un coup d'œil, le Laquais-Poisson était parti et l'autre était assis par terre près de la porte et fixait le ciel d'un air stupide.

Alice s'approcha timidement de la porte, et frappa.

– Frapper ne peut être d'aucune utilité, dit le Laquais, et ce pour deux raisons. D'abord, parce que je suis du même côté de la porte que vous ; deuxièmement parce qu'ils font un tel bruit là-dedans qu'il est impossible que quelqu'un vous entende.

Et, de fait, il y avait un bruit très extraordinaire qui venait de l'intérieur : des hurlements et des éternuements constants avec, par intervalles, un grand craquement, comme si un plat ou une bouilloire volait en éclats.

– S'il vous plaît alors, demanda Alice, comment puis-je entrer ?

– Il pourrait y avoir un sens à ce que vous frappiez, continua le Laquais sans s'occuper d'elle, si nous avions la porte entre

1. **Frisures** : cheveux frisés provenant de leurs perruques.

● **Jeu où l'on fait passer des boules sous des arceaux avec un maillet, suivant un parcours précis. Le croquet est adapté de la crosse, un jeu français du Moyen Âge. Le croquet apparaît dans la deuxième moitié du XIXe siècle en Angleterre et devient alors un divertissement en société.**

nous. Par exemple, si vous étiez dedans, vous pourriez frapper, et je pourrais vous laisser sortir, savez-vous.

Il continua de regarder le ciel tout le temps qu'il parla et cela, Alice le trouva décidément discourtois. « Mais peut-être ne peut-il pas s'en empêcher, songea-t-elle, car ses yeux sont presque tout en haut de sa tête. »

– Comment puis-je entrer ? demanda-t-elle à nouveau.

– Je vais rester assis ici jusqu'à demain... déclara le Laquais.

À ce moment-là, la porte de la maison s'ouvrit et une grande assiette fendit les airs, droit vers la tête du Laquais ; elle lui frôla le nez avant de se briser en miettes contre le tronc d'un des arbres situés derrière lui.

– ... Ou jusqu'à après-demain, peut-être, poursuivit-il sur le même ton, exactement comme si de rien n'était.

– Comment puis-je entrer ? demanda de nouveau Alice, un peu plus fort cette fois.

– Devez-vous vraiment entrer ? dit le Laquais. C'est la première question, savez-vous.

Ça l'était, assurément, mais Alice n'aima pas qu'on le lui dise.

– C'est vraiment terrible, murmura-t-elle pour elle-même, la façon dont ces créatures ergotent[1]. Il y a de quoi devenir folle.

Le Laquais sembla trouver bonne l'occasion pour lui de répéter sa remarque, avec des variantes :

– Je resterai assis ici, dit-il, de temps en temps, pendant des jours et des jours.

– Mais moi, que vais-je faire ? demanda Alice.

– Ce qui vous fait envie, dit le Laquais avant de se mettre à siffler.

1. **Ergotent** : contredisent sans arrêt Alice sur des détails.

« Oh ! ça ne sert à rien de discuter avec lui, dit Alice, au désespoir. Il est parfaitement idiot. »

Si bien qu'elle ouvrit la porte et entra.

La porte donnait directement sur une vaste cuisine qui était pleine de fumée d'un bout à l'autre. La Duchesse était assise sur un tabouret à trois pieds, au milieu, et berçait un bébé. La cuisinière était penchée au-dessus du feu, en train de remuer le contenu d'un grand chaudron, qui semblait rempli de soupe.

« Il y a certainement trop de poivre dans cette soupe », se dit Alice autant qu'elle le put tant elle éternuait.

Il y en avait certainement trop dans l'air, en tout cas. Même la Duchesse éternuait par moments. Quant au bébé, il alternait hurlements et éternuements, sans un instant de pause.

Les deux seuls, dans la cuisine, qui n'éternuaient pas étaient la cuisinière et un gros chat qui était couché sur le sol et souriait d'une oreille à l'autre.

– S'il vous plaît, pourriez-vous me dire, dit Alice un peu timidement car elle n'était pas sûre s'il était conforme aux bonnes manières de parler la première, pourquoi votre chat sourit comme ça ?

– C'est un chat de Chester[●], dit la Duchesse, voilà pourquoi. Cochon !

Elle prononça ce dernier mot avec tant de violence inattendue qu'Alice sursauta. Mais elle vit bientôt qu'il était adressé au bébé et pas à elle, aussi reprit-elle courage et poursuivit :

● **Lewis Carroll joue sur le sens d'une expression de l'époque « sourire comme un chat de Chester » (*to grin as a Cheshire cat*) dont l'équivalent français serait « sourire jusqu'aux oreilles ».**

– Je ne savais pas que les chats de Chester souriaient tout le temps. En fait, je ne savais pas que les chats pouvaient sourire.

– Tous le peuvent, dit la Duchesse, et la plupart le fait[1].

– Je n'en connais pas un qui le fasse[2], dit Alice très poliment, ravie d'avoir engagé une conversation.

– Tu ne sais pas grand-chose, dit la Duchesse. Ça, c'est un fait.

Alice n'apprécia pas du tout le ton de cette remarque et jugea qu'il valait mieux changer de conversation. Tandis qu'elle essayait de se décider pour un autre sujet, la cuisinière ôta le chaudron de soupe du feu et, aussitôt, se mit en devoir de jeter tout ce qui lui tombait sous la main à la Duchesse et au bébé... les pincettes[3] vinrent d'abord, suivies par une pluie de casseroles, d'assiettes et de plats. La Duchesse ne leur prêta aucune attention même quand ils l'atteignirent, quant au bébé, il pleurait déjà tellement avant, qu'il fut impossible de dire si les coups lui faisaient mal ou non.

– S'il vous plaît ! Attention à ce que vous faites ! cria Alice qui sautait sur place dans une complète terreur. Oh ! voilà son précieux petit nez qui s'envole !

Une casserole d'une grosseur peu commune venait de voler en le frôlant et en manquant bien l'emporter en passant.

– Si tout le monde se mêlait de ses affaires, dit la Duchesse dans un grognement rauque[4], le monde tournerait beaucoup plus vite qu'il ne le fait.

– Ce qui ne serait pas du tout un avantage, dit Alice, qui se sentit très heureuse d'avoir l'occasion d'étaler un peu de son

1. **La plupart le fait** : la plupart le font.
2. Alice n'a jamais vu un seul chat sourire jusqu'aux oreilles.
3. **Pincettes** : petites pinces pour attiser le feu.
4. **Rauque** : voix rude et profonde, comme enrouée.

savoir. Songez plutôt au bazar que cela mettrait dans les jours et les nuits. Voyez-vous, la Terre met vingt-quatre heures pour effectuer une révolution au...

– En parlant de révolution●, dit la Duchesse, qu'on lui coupe la tête !

Alice regarda la cuisinière avec une certaine inquiétude pour vérifier si elle avait l'intention d'obéir. Mais elle était occupée à remuer la soupe et ne semblait pas écouter. Aussi, Alice reprit :

– Vingt-quatre heures, je pense. Ou est-ce douze ? Je...

– Oh ! ne m'embête pas, dit la Duchesse. Je n'ai jamais pu souffrir les chiffres !

Là-dessus, elle recommença à bercer le bébé tout en lui chantant une espèce de berceuse● et en lui donnant une violente secousse à la fin de chaque vers :

– Rudoyez[1] votre rejeton[2]
Battez-le quand il éternue,
S'il le fait, ce sont des façons :
Il sait que ça vous exténue[3] !

REFRAIN
(auquel prirent part la cuisinière et le bébé)
Houh ! Houh ! Houh !

1. **Rudoyez** : soyez rude, brutal.
2. **Rejeton** : mot familier pour désigner ses propres enfants.
3. **Exténue** : épuise.

● **Nouveau jeu de mots adapté de l'anglais : la révolution désigne à la fois le mouvement complet que fait une planète (la Terre tourne sur elle-même en 24 heures) et la Révolution française où l'on guillotina des nobles.**

● **Lewis Carroll parodie* un poème de David Bates (1809-1870), « Parlez gentiment » (*Speak gently*).**

Pendant qu'elle chanta le deuxième couplet, la Duchesse n'arrêta pas de lancer le bébé en l'air et de le rattraper. La pauvre petite créature criait si fort qu'Alice put à peine entendre les paroles :

– *Je gourmande*[1] *mon tout petit,*
Je le bats lorsqu'il éternue,
Car il peut, s'il en a envie,
Le poivre aimer sans retenue[2].

REFRAIN
Houh ! Houh ! Houh

– Tiens, tu peux le bercer un peu, si tu veux ! dit la Duchesse à Alice en lui lançant le bébé. Je dois aller me préparer pour jouer au croquet avec la Reine.

Sur quoi elle quitta la pièce à la hâte. La cuisinière lui jeta une poêle à frire alors qu'elle sortait mais elle la manqua, de peu.

Alice saisit le bébé avec beaucoup de mal car c'était un être bizarrement constitué avec des bras et des jambes qui partaient dans tous les sens (« exactement comme une étoile de mer », pensa Alice). Le pauvre petit, quand elle le reçut, ronflait comme un moteur à vapeur et n'arrêtait pas de se replier sur lui-même et de se déplier si bien que, pendant les deux premières minutes, tout ce qu'elle put faire fut de le tenir.

Dès qu'elle eut trouvé le bon moyen de le porter (qui consistait à le tordre pour en faire une sorte de nœud et ensuite à le tenir

1. **Gourmande** : réprimande sévèrement.
2. **Le poivre aimer sans retenue** : il peut aimer le poivre sans modération.

solidement par l'oreille droite et le pied gauche pour l'empêcher de se dénouer), elle l'emmena au grand air. « Si je ne prends pas ce bébé avec moi, pensa-t-elle, elles l'auront tué dans un jour ou deux. Ne serait-ce pas un crime de l'abandonner ? » Elle prononça ces derniers mots à voix haute, et la petite créature (qui avait cessé d'éternuer à ce moment-là) grogna, en guise de réponse.

– Ne grogne pas ! dit Alice. Ce n'est pas une façon convenable de t'exprimer !

Le bébé grogna de nouveau. Alice lui examina le visage avec anxiété pour voir ce qui n'allait pas. Il était indéniable[1] qu'il avait un nez très aplati qui ressemblait beaucoup plus à un groin[2] qu'à un nez normal. Et aussi, ses yeux devenaient extrêmement petits pour être ceux d'un bébé. Alice n'aima pas du tout la tournure que prenaient les choses.

« Mais peut-être était-ce simplement un sanglot », pensa-t-elle, et elle regarda les yeux à nouveau pour voir s'il y avait des larmes. Non ! il n'y en avait pas !

– Si tu te transformes en cochon, mon cher, dit Alice très sérieusement, je n'aurai plus rien à faire avec toi. Fais attention !

La malheureuse chose sanglota de nouveau (ou grogna, il était impossible de dire lequel des deux), puis ils restèrent l'un et l'autre silencieux un moment.

Alice commençait juste à se demander : « Voyons, que ferai-je de cette créature quand je serai revenue à la maison ? », quand il grogna encore, si fort qu'elle l'examina de nouveau, assez alarmée. Cette fois, on ne pouvait pas se tromper sur son compte : c'était ni plus ni moins qu'un cochon. Et elle pensa qu'il serait absurde de sa part de le porter dans ses bras plus longtemps.

1. **Indéniable** : incontestable, évident.
2. **Groin** : nez du cochon.

Aussi posa-t-elle la petite bête à terre et se sentit soulagée de la voir tranquillement entrer dans le bois en trottant. « En grandissant, se dit-elle, il serait devenu un enfant épouvantablement laid tandis qu'il fait un très joli cochon, je trouve. »

Et elle se mit à penser à d'autres enfants qu'elle connaissait qui pourraient très bien faire des cochons et se disait juste : « Si seulement on savait comment s'y prendre pour les transformer ! », quand elle fut un peu surprise de voir le Chat de Chester couché sur la branche d'un arbre, à quelques pas de là.

Le Chat sourit seulement en voyant Alice. Elle pensa qu'il semblait avoir bon caractère. Cela étant, il avait de très longues griffes et des dents très nombreuses, si bien qu'elle jugea qu'il devait être traité avec respect.

– Minet de Chester, commença-t-elle assez timidement, car elle ne savait pas du tout s'il apprécierait le nom.

Cependant, il se contenta de sourire plus largement encore.

« Continuons, jusqu'à présent il est content », pensa Alice.

Et elle continua :

– Pourriez-vous me dire quel chemin je dois prendre pour m'en aller ?

– Cela dépend beaucoup d'où tu veux aller, dit le Chat.

– Ça m'est un peu égal, où... dit Alice.

– Alors peu importe quel chemin tu prends, dit le Chat.

– ... du moment que j'arrive quelque part, ajouta Alice en guise d'explication.

– Oh ! tu es sûre d'y parvenir, dit le Chat, si tu marches assez longtemps.

Alice sentit que c'était indéniable aussi essaya-t-elle une autre question.

Alice et le Chat de Chester.
Illustration d'Harry Furniss (1909).

– Quelle sorte de gens vit là-bas ?

– Dans cette direction, dit le Chat en tendant sa patte droite, vit un Chapelier[1]. Et dans celle-là – il tendit l'autre patte – vit un Lièvre de Mars. Visite celui que tu veux : tous les deux sont fous.

– Mais je ne veux pas aller chez des fous, répliqua Alice.

– Oh ! cela tu ne peux pas l'éviter, dit le Chat, nous sommes tous fous ici. Je suis fou. Tu es folle.

– Comment savez-vous que je suis folle ?

– Tu dois l'être, dit le Chat, sinon tu ne serais pas venue ici.

Alice ne pensa pas que c'était une preuve. Pourtant elle continua :

– Et comment savez-vous que vous êtes fou ?

– Tout d'abord, dit-il, un chien n'est pas fou. Tu me l'accordes ?

– Je suppose que oui, dit Alice.

– Bien ! poursuivit le Chat. Tu vois, un chien grogne quand il est fâché et remue la queue quand il est content. Moi, je grogne quand je suis content et je remue la queue quand je suis fâché. Donc je suis fou.

– J'appelle ça ronronner, pas grogner, dit Alice.

– Appelle-le comme tu veux, dit le Chat. Joues-tu au croquet avec la Reine aujourd'hui ?

– J'aimerais beaucoup, dit Alice, mais je n'ai pas encore été invitée.

1. **Chapelier** : fabricant ou vendeur de chapeaux.

Les expressions anglaises « fou comme un chapelier » (*to be mad as a hatter*) et « fou comme un lièvre de mars » (*to be mad as a March hare*) signifient « être complètement fou ». Lewis Carroll donne vie aux personnages de ces deux expressions.

C'est un syllogisme*, raisonnement en trois parties. La dernière, la conclusion, est déduite à partir des deux premières.

– Tu m'y verras, dit le Chat.

Et il disparut.

Alice n'en fut pas tellement surprise. Elle commençait à bien s'habituer à voir des faits bizarres se produire. Alors qu'elle regardait encore l'endroit où le Chat s'était tenu, il réapparut soudain.

– Au fait, dit-il, qu'est devenu le bébé ? dit le Chat. J'ai failli oublier de le demander.

– Il s'est transformé en cochon, dit Alice calmement, comme si le Chat était revenu de façon naturelle.

– Je pensais que ça lui arriverait, dit-il.

Et il disparut encore.

Alice attendit un peu, espérant à demi le revoir mais il ne reparut pas et, au bout d'une minute ou deux, elle se mit en marche dans la direction où il lui avait dit que vivait le Lièvre de Mars.

– J'ai déjà rencontré des Chapeliers, dit-elle pour elle-même. Le Lièvre de Mars sera sûrement plus intéressant. Et peut-être, comme nous sommes en mai, il ne sera pas fou à lier[1]... du moins pas autant qu'il l'était en mars.

En disant ces mots, elle leva la tête et le Chat était là de nouveau, couché sur la branche d'un arbre.

– As-tu dit cochon ou cruchon ? demanda le Chat.

– J'ai dit cochon, répondit Alice. Et j'aimerais que vous cessiez d'apparaître et de disparaître aussi soudainement ; vous donnez le tournis.

– Très bien, dit le Chat.

1. **Fou à lier** : complètement fou.

Jeu sur les sonorités proches des mots « cochon » et « cruchon » (en anglais ce sont *pig* et *fig*, cochon et figue).

Et cette fois, il disparut tout doucement en commençant par le bout de la queue pour finir par le sourire qui persista un moment après que tout le reste avait disparu.

« Ma foi, j'ai souvent rencontré des chats sans sourire, pensa Alice. Mais un sourire sans chat ! Voilà la chose la plus étrange que j'aie vue de ma vie ! »

Elle n'eut pas à aller bien loin avant d'apercevoir la maison du Lièvre de Mars. Elle pensa que c'était la bonne maison parce que les cheminées étaient en forme d'oreilles et que le toit était couvert de fourrure. C'était une si grande bâtisse qu'elle ne voulut pas s'en approcher avant d'avoir grignoté encore un peu du champignon de la main gauche et de s'être fait grandir jusqu'à soixante centimètres. Même ainsi, elle s'avança vers la maison avec une certaine appréhension, en se disant :

« Supposons qu'il se montre en fou furieux avec moi ! Je souhaiterais presque être allée chez le Chapelier, plutôt ! »

7

Un thé de fous

Il y avait une table installée sous un arbre devant la maison, et le Lièvre de Mars et le Chapelier prenaient le thé. Un Loir[1] était assis entre eux, profondément endormi. Les deux autres l'utilisaient comme coussin en posant leurs coudes sur lui, et discutaient par-dessus sa tête. « Très inconfortable pour le Loir, pensa Alice, mais comme il dort, je suppose que ça lui est égal. »

La table était très grande mais ils étaient tous les trois entassés dans le même coin.

– Pas de place ! Pas de place ! crièrent-ils en voyant arriver Alice.

– Il y a beaucoup de place, dit Alice d'un ton indigné.

Et elle s'assit dans un grand fauteuil à l'un des bouts de la table.

– Prenez un peu de vin, dit le Chapelier d'un ton engageant.

Alice regarda sur la table mais il n'y avait rien que du thé.

1. **Loir** : petit rongeur au pelage gris et à longue queue.

L'expression française « dormir comme un loir » signifie dormir profondément. D'ailleurs, « loir » se dit *dormouse* en anglais.

– Je ne vois pas de vin, dit-elle.

– Il n'y en a pas, répondit le Lièvre de Mars.

– Alors, ce n'était guère poli de votre part de m'en offrir ! dit Alice avec sévérité.

– Ce n'était guère poli de la vôtre de vous asseoir sans y avoir été invitée, dit le Lièvre de Mars.

– J'ignorais que c'était votre table, dit Alice. Elle est mise pour beaucoup plus de trois personnes.

– Vos cheveux ont besoin d'être coupés, dit le Chapelier.

Il observait Alice avec beaucoup de curiosité depuis un long moment et ce furent ses premières paroles.

– Vous devriez apprendre à ne pas faire de remarques personnelles, dit Alice assez sèchement. C'est très grossier[1].

Le Chapelier écarquilla les yeux en l'entendant mais tout ce qu'il dit, ce fut :

– Quelle ressemblance y a-t-il entre un corbeau et une écritoire ● ?

« Bon ! on va enfin s'amuser, songea Alice. Je suis contente qu'ils aient commencé à poser des devinettes. »

Et elle ajouta à voix haute :

– Je crois que je peux deviner celle-là.

– Vous voulez dire que vous pouvez trouver la réponse ? dit le Lièvre de Mars.

– Tout à fait, dit Alice.

– Alors vous devriez dire ce que vous voulez dire, continua le Lièvre de Mars.

1. **Grossier** : mal élevé.

● **À ce sujet, Lewis Carroll écrivit : « La devinette, telle qu'elle fut à l'origine inventée, n'avait pas de réponse du tout. »**

– Je le fais, dit Alice précipitamment. Ou du moins... je veux dire ce que je dis. Ce qui revient au même, voyez-vous.

– Pas la même chose du tout ! dit le Chapelier. Vous pourriez aussi bien dire que « je vois ce que je mange » équivaut à « je mange ce que je vois ».

– Vous pourriez aussi bien dire que « j'aime ce que j'ai » équivaut à « j'ai ce que j'aime », dit le Lièvre de Mars.

– Vous pourriez aussi bien dire, ajouta le Loir qui sembla parler dans son sommeil, que « je respire quand je dors » est la même chose que « je dors quand je respire ».

– Avec toi, c'est la même chose ! dit le Chapelier.

Et la conversation s'interrompit là. Tout le monde se tut un moment pendant lequel Alice repensa à tout ce qu'elle savait sur les corbeaux et les écritoires, ce qui n'était pas beaucoup.

Le Chapelier fut le premier à rompre le silence.

– Quel jour du mois sommes-nous ? demanda-t-il en se tournant vers Alice.

Il avait sorti sa montre de sa poche et l'examinait nerveusement en la secouant et en l'approchant de l'oreille de temps à autre.

Alice le regarda faire un moment, puis elle répondit :

– Le quatre●.

– Elle retarde de deux jours ! soupira le Chapelier. Je vous avais dit que le beurre ne ferait pas l'affaire, ajouta-t-il en regardant le Lièvre de Mars d'un air furieux.

– C'était de l'excellent beurre, répondit humblement le Lièvre de Mars.

● **La promenade en barque au cours de laquelle Lewis Carroll a imaginé l'histoire d'Alice a eu lieu le 4 juillet 1862.**

– Oui mais des miettes ont dû pénétrer en même temps, grommela le Chapelier. Vous n'auriez pas dû le mettre avec le couteau à pain.

Le Lièvre de Mars prit la montre et l'examina avec tristesse. Puis il la trempa dans sa tasse de thé et l'examina de nouveau. Il ne put rien trouver de mieux à dire que sa première réflexion :

– C'était de l'excellent beurre, voyez-vous.

Alice avait regardé par-dessus son épaule avec curiosité.

– Quelle étrange montre, fit-elle remarquer. Elle donne le jour du mois et ne dit pas l'heure qu'il est.

– Et pourquoi devrait-elle ? marmotta[1] le Chapelier. Votre montre à vous indique l'année ?

– Évidemment non, dit Alice sans la moindre hésitation. Mais c'est parce que c'est la même année pendant très longtemps.

– Ce qui est justement le cas de la mienne, dit le Chapelier.

Alice se sentit terriblement perplexe[2]. La remarque du Chapelier semblait n'avoir aucune espèce de sens et pourtant c'était assurément de l'anglais.

– Je ne vous comprends pas, dit-elle aussi poliment que possible.

– Le Loir s'est encore endormi, dit le Chapelier.

Et il lui versa un peu de thé chaud sur le nez.

Le Loir secoua la tête avec agacement et dit, sans ouvrir les yeux :

– Bien sûr ! Bien sûr ! Précisément ce que j'allais dire.

– Avez-vous trouvé la réponse de la devinette ? demanda le Chapelier en se tournant à nouveau vers Alice.

1. **Marmotta** : marmonna.
2. **Perplexe** : embarrassée, indécise.

– Non, je donne ma langue au chat, répondit Alice. Quelle est la réponse ?

– Je n'en ai pas la moindre idée, dit le Chapelier.

– Moi non plus, dit le Lièvre de Mars.

Alice soupira de lassitude[1] et dit :

– Il me semble que vous pourriez trouver mieux à faire de votre temps que de le gaspiller en posant des devinettes sans réponses.

– Si vous connaissiez le Temps ● aussi bien que moi, dit le Chapelier, vous ne parleriez pas de le gaspiller. C'est une personne.

– Je ne vois pas ce que vous voulez dire, dit Alice.

– Bien sûr, vous ne voyez pas ! dit le Chapelier en secouant la tête avec mépris. Je pense même que vous ne lui avez jamais parlé, au Temps.

– Peut-être que non, répondit Alice avec prudence. Mais il me faut le battre en mesure, quand j'apprends la musique.

– Ah ! voilà qui explique tout, dit le Chapelier. Il ne peut pas supporter qu'on le batte ●. Maintenant, si vous restiez en bons termes avec lui[2], il ferait faire presque tout ce que vous voudriez aux pendules. Par exemple supposons qu'il soit neuf heures, l'heure de commencer les cours, vous n'auriez qu'un petit mot

1. **Lassitude** : fatigue.
2. **Lui** : le Chapelier continue à personnifier* le temps.

● **La majuscule montre que le Chapelier personnifie* le temps : il en parle comme d'un être humain.**

● **Nouveau jeu de mots sur les sens propre et figuré* : le Chapelier évoque le sens propre (« qu'on le frappe ») alors qu'Alice l'emploie dans un sens figuré avec l'expression « battre la mesure » (marquer le rythme avec un mouvement).**

à dire au Temps et l'aiguille tournerait sur le cadran en un clin d'œil. Midi et demi, l'heure de déjeuner !

(« Si seulement c'était midi et demi ! » soupira le Lièvre de Mars pour lui-même.)

– Ce serait magnifique, certainement, dit Alice, songeuse[1]. Mais alors... je n'aurais pas faim pour déjeuner, voyez-vous.

– Pas tout de suite, peut-être, dit le Chapelier. Mais vous pourriez rester à midi et demi aussi longtemps que vous voudriez.

– C'est ce que vous avez obtenu, vous ? demanda Alice.

Le Chapelier secoua la tête avec tristesse.

– Moi, non ! dit-il. Nous nous sommes disputés au mois de mars dernier... juste avant que lui, là, ne devienne fou (il désigna le Lièvre de Mars avec sa cuillère)... C'était au grand concert que donnait la Reine de Cœur, et je devais chanter :

Brille, brille, chauve-souris,
Je ne sais où tu es partie●.

– Vous connaissez la chanson, peut-être ?

– J'ai déjà entendu quelque chose de semblable, dit Alice.

– Il y a une suite, continua le Chapelier. Cela fait :

Au-dessus du monde tu planes,
Haut, tel un plateau à tisane.
Brille, brille...

1. **Songeuse** : en réfléchissant.

● **Lewis Carroll détourne un poème de Jane Taylor (1783-1824) commençant par « Scintille, scintille, petite étoile ». Carroll remplace le mot « étoile » (*star*) par « chauve-souris » (*bat*).**

Là, le Loir s'ébroua[1] et se mit à chanter dans son sommeil « Brille, brille, brille, brille... », pendant si longtemps, qu'ils durent le pincer pour le faire cesser.

– Eh bien ! j'avais à peine terminé le premier couplet, dit le Chapelier, que la Reine sursauta et se mit à brailler[2] : « Il est en train de tuer le Temps. Qu'on lui coupe la tête ! »

– C'est terriblement sauvage ! s'exclama Alice.

– Et depuis lors, poursuivit le Chapelier d'un ton attristé, il ne fait plus rien de ce que je lui demande. Il est toujours cinq heures pile maintenant.

Une brillante idée jaillit dans l'esprit d'Alice :

– Est-ce la raison pour laquelle vous avez disposé autant de vaisselle à thé ici dehors ? demanda-t-elle.

– Oui, c'est pour ça, dit le Chapelier en soupirant. C'est toujours l'heure du thé et nous n'avons plus le temps de faire la vaisselle.

– Et vous faites sans cesse le tour de la table, j'imagine, dit Alice.

– Exactement, dit le Chapelier, à mesure que la vaisselle a été utilisée.

– Mais que se passe-t-il quand vous arrivez de nouveau au point de départ ? demanda Alice.

– Supposez que nous changions de conversation, interrompit le Lièvre de Mars en bâillant. Tout ceci commence à m'ennuyer. Je suggère que la jeune demoiselle nous raconte une histoire.

– J'ai bien peur de ne pas en connaître une, dit Alice assez inquiète de cette suggestion.

– Alors le Loir ! crièrent les deux autres. Réveille-toi, Loir !

1. **S'ébroua** : se secoua.
2. **Brailler** : crier de façon très désagréable.

Le thé de fous.
Illustration de Nicole Claveloux (1977).

Et ils le pincèrent des deux côtés à la fois. Le Loir ouvrit lentement les yeux.

– Je ne dormais pas, dit-il d'une voix faible et rauque[1]. J'ai entendu chacun des mots que vous avez dits.

– Raconte-nous une histoire, dit le Lièvre de Mars.

– Oh oui ! s'il vous plaît ! insista Alice.

– Et dépêche-toi, ajouta le Chapelier, sinon tu te seras rendormi avant de l'avoir finie.

1. **Rauque** : voix rude et profonde, comme enrouée.

– Il était une fois trois petites sœurs, commença le Loir précipitamment. Et leurs noms étaient Elsie, Lacie et Tillie. Elles vivaient au fond d'un puits...

– De quoi vivaient-elles ? demanda Alice qui accordait toujours un grand intérêt à la question de manger et de boire.

– Elles vivaient de mélasse[1], dit le Loir après avoir réfléchi une minute ou deux.

– Elles n'auraient pas pu, savez-vous, fit gentiment remarquer Alice. Elles seraient tombées malades.

– Justement elles étaient malades, dit le Loir. Très malades.

Alice essaya d'imaginer à quoi ressemblait une façon de vivre aussi extraordinaire mais c'était trop déconcertant[2] si bien qu'elle poursuivit en demandant :

– Mais pourquoi vivaient-elles au fond d'un puits ?

– Prenez un peu plus de thé, dit le Lièvre de Mars très sérieusement.

– Je n'ai encore rien pris, dit Alice sur un ton offensé[3], je ne peux donc pas en prendre plus.

– Vous voulez dire que vous ne pouvez pas en prendre moins, dit le Chapelier. On peut facilement prendre plus que rien.

– Personne ne vous a demandé votre avis, dit Alice.

– Qui fait des remarques personnelles cette fois ? demanda le Chapelier triomphalement.

1. **Mélasse** : sirop épais provenant de la fabrication du sucre.
2. **Déconcertant** : déstabilisant.
3. **Offensé** : vexé.

Jeu de mots fondé sur l'homonymie* de *three little sisters* (« trois petites sœurs ») et de *three Liddell sisters* (« les trois sœurs Liddell »).

Jeu sur les prénoms des trois sœurs : *Elsie* (les initiales LC en anglais se prononcent ainsi) pour Lorina Charlotte, *Lacie* est l'anagramme* d'Alice et *Tillie* est le surnom d'Edith.

Alice ne sut pas trop que répondre. Aussi se servit-elle une tasse de thé et une tartine beurrée. Après quoi, elle se tourna vers le Loir et répéta sa question :

– Pourquoi vivaient-elles au fond d'un puits ?

À nouveau, le Loir prit une minute ou deux pour réfléchir et puis il dit :

– C'était un puits de mélasse !

– Ça n'existe pas... ! commença Alice, très fâchée.

Mais le Chapelier et le Lièvre firent « chut ! chut ! » et le Loir déclara d'un ton boudeur :

– Si vous ne pouvez pas être polie, il vaudrait mieux que vous finissiez l'histoire vous-même.

– Non, s'il vous plaît, poursuivez, dit Alice très humblement[1]. Je n'interromprai plus. Je pense qu'il peut en exister un.

– Un ! Vraiment ! dit le Loir avec indignation.

Il consentit pourtant à continuer.

– Et ainsi ces trois petites sœurs... elles apprenaient à tirer, voyez-vous...

– À tirer quoi ? dit Alice, en oubliant tout à fait sa promesse.

– De la mélasse, dit le Loir sans prendre le temps de réfléchir, cette fois.

– Je veux une tasse propre, interrompit le Chapelier. Décalons-nous d'une place.

Il se déplaça tout en parlant. Le Loir le suivit, le Lièvre de Mars prit la place du Loir et Alice, assez à contrecœur, prit celle du Lièvre. Le Chapelier fut le seul à tirer un quelconque avantage de ce changement, et Alice s'en trouva beaucoup plus mal car le Lièvre venait de renverser le pot à lait dans son assiette.

1. **Humblement** : modestement.

Alice ne voulut pas vexer le Loir une nouvelle fois aussi commença-t-elle très prudemment :

– Mais je ne comprends pas. D'où tiraient-elles la mélasse ?

– On peut tirer de l'eau d'un puits, dit le Chapelier. Alors je tendrais à penser qu'on peut tirer de la mélasse d'un puits de mélasse… hé nigaude[1] !

– Mais elles étaient à l'intérieur du puits, dit Alice au Loir, en choisissant de ne pas prêter attention à cette dernière remarque.

– Bien sûr qu'elles étaient dans le puits, dit le Loir, et puis ?

Cette réponse déconcerta[2] tellement la pauvre Alice qu'elle laissa le Loir parler pendant un moment sans l'interrompre.

– Elles apprenaient à tirer des portraits●, continua le Loir en bâillant et en se frottant les yeux car il avait vraiment sommeil. Et elles tiraient le portrait de toutes sortes de choses, tout ce qui commence par un *P*…

– Pourquoi par un *P* ?

– Et pourquoi pas ? dit le Lièvre de Mars.

Le Loir avait déjà fermé les yeux et il repartait pour un somme, mais, pincé par le Chapelier, il s'éveilla de nouveau en poussant un petit cri aigu et poursuivit :

– … ce qui commence par un *P* : des pièges, des planètes, des pensées, des pis-aller[3], – on dit que certaines choses sont des pis-aller, mais avez-vous déjà vu le portrait d'un pis-aller ?

1. **Nigaude** : idiote (familier).
2. **Déconcerta** : déstabilisa.
3. **Pis-aller** : solution que l'on emploie faute de mieux.

● **Nouveau jeu de mots sur les sens propre et figuré* : au sens propre « tirer » signifie « extraire, sortir » ; au sens figuré l'expression « tirer le portrait » signifie « faire le portrait de quelqu'un », comme photographier, art très important pour Lewis Carroll (voir p. 8).**

– Effectivement, maintenant que vous le demandez, dit Alice très embarrassée, je ne pense pas...

– Alors vous devriez vous taire, dit le Chapelier.

Cette grossièreté était plus qu'Alice pouvait supporter. Elle se leva tout à fait dégoûtée et s'en alla. Le Loir se rendormit instantanément et aucun des deux autres ne fit attention à son départ et pourtant elle se retourna une fois ou deux, en espérant vaguement qu'ils la rappelleraient. La dernière fois qu'elle les vit, ils essayaient de mettre le Loir dans la théière.

– En aucun cas je ne remettrai les pieds ici, dit-elle en faisant son chemin à travers bois. C'est le thé le plus stupide auquel j'aie participé de ma vie.

Elle prononçait ces mots quand elle remarqua qu'un des arbres avait une porte qui permettait de pénétrer dans le tronc. « Voilà qui est curieux, pensa-t-elle, mais tout est curieux aujourd'hui. Je crois que je vais y entrer tout de suite. »

Ce qu'elle fit.

Elle se retrouva dans la grande pièce, près de la table en verre[1]. « Cette fois, je vais mieux me débrouiller », se dit-elle. Elle commença par prendre la petite clef dorée et déverrouilla la porte qui menait au jardin. Puis elle grignota un peu du champignon (elle en avait gardé un morceau dans sa poche) jusqu'à ne plus mesurer que trente centimètres. Elle emprunta ensuite le petit couloir et, enfin, se trouva dans le joli jardin, au milieu des parterres[2] de fleurs éclatantes et des fraîches fontaines.

1. **Près de la table en verre :** Alice se retrouve dans la salle de départ.
2. **Parterres :** massifs de fleurs.

8

Le terrain de croquet● de la Reine

Un gros rosier se dressait près de l'entrée du jardin. Les fleurs qu'il portait étaient blanches mais il y avait trois jardiniers qui s'activaient à les peindre en rouge. Alice trouva cela très étrange et s'approcha pour les observer de plus près. À peine les avait-elle rejoints qu'elle en entendit un s'écrier :

– Fais attention, le Cinq ! Ne m'éclabousse pas de la sorte !

– Je n'y suis pour rien, dit le Cinq d'un ton grognon, le Sept m'a poussé le coude.

À quoi le Sept se redressa et dit :

– C'est bien ça, le Cinq ! Toujours à accuser les autres !

– Toi, tu ferais mieux de ne pas parler ! dit le Cinq. J'ai entendu la Reine déclarer pas plus tard qu'hier que tu méritais qu'on te coupe la tête.

● **Jeu où l'on fait passer des boules sous des arceaux avec un maillet, suivant un parcours précis. Le croquet est adapté de la crosse, un jeu français du Moyen Âge. Le croquet apparaît dans la deuxième moitié du XIXe siècle en Angleterre et devient alors un divertissement en société.**

– Et pourquoi ? demanda celui qui avait parlé le premier.

– Ça ne te regarde pas, le Deux ! dit le Sept.

– Si, ça le regarde, dit le Cinq, et je vais le lui dire : c'est parce qu'il a apporté des oignons de tulipe à la cuisine au lieu d'oignons.

Le Sept jeta son pinceau et commençait à dire : « De toutes les injustices... » quand il vit Alice qui les regardait sans bouger. Il s'interrompit aussitôt ; les autres se retournèrent aussi et tous les trois s'inclinèrent profondément.

– Voudriez-vous me dire, dit Alice un peu timidement, pourquoi vous peignez ces roses ?

Le Cinq et le Sept ne dirent rien mais regardèrent le Deux. Ce dernier commença, à mi-voix :

– Eh bien ! le fait est, voyez-vous mam'selle, que ça aurait dû être un rosier rouge vu que nous avons planté ce rosier à fleurs blanches par erreur●, et si la Reine s'en apercevait, nous nous ferions tous couper la tête, vous savez. Aussi, vous voyez mam'selle, nous faisons de notre mieux, avant qu'elle n'arrive, pour...

À ce moment-là, le Cinq, qui n'avait pas cessé de surveiller le jardin avec anxiété, cria :

– La Reine ! La Reine !

Les trois jardiniers se jetèrent instantanément à plat ventre. Il y eut un bruit de pas nombreux et Alice regarda de leur côté, très impatiente de voir la Reine.

Vinrent d'abord dix soldats portant des piques. Ils avaient la même forme que les jardiniers, rectangulaires et plats, avec les

● **Lewis Carroll fait référence à la guerre des Deux-Roses : au XVe siècle, deux familles royales s'affrontèrent pour obtenir le trône. L'emblème de chaque maison était la rose, l'une rouge, l'autre blanche.**

mains et les pieds placés aux quatre coins. Ensuite dix courtisans●. Eux étaient entièrement décorés de carreaux, et défilaient par deux, comme le faisaient les soldats. Ensuite vinrent les enfants royaux ; il y en avait dix, et les chers petits s'avancèrent main dans la main, en sautillant joyeusement, par paires. Ils étaient tout décorés de cœurs. Après, parurent les invités, principalement des Rois et des Reines. Parmi eux, Alice reconnut le Lapin Blanc ; il parlait avec brusquerie, nerveusement, souriait à tout ce qui se disait et ne la remarqua pas. Le Valet de Cœur suivait, portant la couronne du Roi sur un coussin de velours écarlate et, à la fin de ce défilé grandiose[1], marchaient LE ROI ET LA REINE DE CŒUR.

Alice se demanda si elle ne devait pas se prosterner[2] comme les trois jardiniers mais elle ne se souvint pas d'avoir jamais entendu parler d'une telle règle lors d'une procession[3]. « De plus, pensa-t-elle, à quoi serviraient les processions si les gens devaient tous se prosterner face contre terre de telle sorte qu'ils ne les verraient pas ? » Si bien qu'elle resta où elle était sans bouger et attendit.

Quand le cortège parvint à la hauteur d'Alice, tout le monde s'arrêta et la regarda. La Reine demanda sévèrement :

– Qui est-ce ?

1. **Grandiose** : remarquable.
2. **Se prosterner** : se baisser, s'incliner devant quelqu'un en signe de respect.
3. **Procession** : cortège, défilé.

● **Lewis Carroll fait plusieurs jeux de mots qui expliquent les fonctions de chaque carte. *Club* signifie à la fois « trèfle » et « bâton » (soldats) ; *diamond* se traduit par « carreau » mais aussi « diamant » (courtisans) ; *spade* veut dire « pique » et « bêche » (jardiniers). Dans la traduction, les soldats portent des piques car l'arme correspond bien à leur fonction, cependant, dans les différentes illustrations du livre, les soldats sont des trèfles.**

Elle s'adressait au Valet de Cœur qui fit une courbette[1] et sourit pour toute réponse.

– Idiot ! dit la Reine en secouant la tête avec impatience.

Puis, se tournant vers Alice, elle demanda :

– Quel est votre nom, mon enfant ?

– Mon nom est Alice, s'il plaît à Votre Majesté, dit Alice très poliment.

Mais elle ajouta, à sa seule intention : « Après tout, ce n'est qu'un paquet de cartes à jouer. Je n'ai pas besoin d'en avoir peur. »

– Et qui sont ceux-ci ? demanda la Reine en désignant les trois jardiniers étalés autour du rosier.

Car, voyez-vous, comme ils étaient couchés à plat ventre et que le dessin de leur dos était le même que celui de toutes les autres cartes du jeu, elle ne pouvait pas deviner s'il s'agissait de jardiniers, de soldats, de courtisans[2] ou même de trois de ses propres enfants.

– Et comment le saurais-je ? dit Alice stupéfaite de sa propre témérité[3]. Ce n'est pas mon affaire !

La Reine devint cramoisie[4] de fureur et, après l'avoir dévisagée un moment comme l'aurait fait une bête fauve, elle hurla :

– Qu'on lui coupe la tête ! Qu'on lui...

– Sornettes[5] ! dit Alice très fort et d'une voix ferme.

Et la Reine se tut.

Le Roi posa la main sur son bras et dit, timidement :

– Considérez, ma chère, qu'elle n'est qu'une enfant !

1. **Courbette** : révérence exagérée.
2. **Courtisans** : personnes qui appartiennent à la cour du roi et de la reine.
3. **Témérité** : audace.
4. **Cramoisie** : toute rouge à cause de l'émotion.
5. **Sornettes** : sottises.

La Reine se détourna de lui, pleine de colère, et dit au Valet :

– Retournez-les !

Le Valet le fit, précautionneusement, avec un pied.

– Debout, hurla la Reine, très fort et d'une voix aiguë[1].

Les trois jardiniers sautèrent aussitôt sur leurs pieds et se mirent à faire des courbettes au Roi, à la Reine, aux enfants royaux et à tout le monde.

– Arrêtez ça ! hurla la Reine. Vous me donnez le tournis !

Puis, s'intéressant au rosier, elle demanda :

– Qu'étiez-vous donc en train de faire là ?

– Plaise à Votre Majesté, dit le Deux sur le ton d'une extrême humilité[2] tout en mettant un genou à terre… nous étions en train d'essayer…

– Je vois, dit la Reine qui dans l'intervalle[3] avait soigneusement observé les roses. Qu'on leur coupe la tête !

Et le cortège se remit en marche. Trois des soldats restèrent en arrière pour exécuter les malheureux jardiniers qui coururent se mettre sous la protection d'Alice.

– On ne vous coupera pas la tête ! leur dit Alice en les mettant dans un grand pot de fleurs qui se trouvait là.

Les trois soldats traînèrent dans les parages une minute ou deux sans les trouver puis ils se remirent tranquillement en marche à la suite des autres.

– Est-ce que les têtes ont disparu ? hurla la Reine.

– Leurs têtes ont disparu, plaise à Votre Majesté, crièrent en réponse les soldats.

– Voilà qui est bien ! cria la Reine. Jouez-vous au croquet ?

1. **Aiguë** : perçante.
2. **Humilité** : modestie, timidité.
3. **Dans l'intervalle** : pendant ce temps.

Les soldats restèrent silencieux et se tournèrent vers Alice car la question, de toute évidence, s'adressait à elle.

– Oui ! cria Alice.

– Alors, venez ! rugit la Reine.

Et Alice se joignit au cortège en se demandant bien ce qui allait arriver.

– C'est... c'est une belle journée ! dit une voix timide près d'elle. Elle marchait aux côtés du Lapin Blanc qui l'observait d'un air inquiet.

– Très belle, dit Alice. Mais où est donc la Duchesse ?

– Chut ! Chut ! dit précipitamment le Lapin à voix basse.

Il jeta un coup d'œil apeuré par-dessus son épaule, puis se dressa sur la pointe des pieds, approcha la bouche de l'oreille d'Alice et murmura :

– Elle est sous le coup d'une sentence capitale[1] !

– En quel honneur ? dit Alice.

– Avez-vous dit : « Quel malheur » ? demanda le Lapin.

– Pas du tout, dit Alice. Je ne trouve pas que ce soit un malheur. J'ai dit : « En quel honneur ? »

– Elle a boxé les oreilles de la Reine ! commença le Lapin.

Alice émit un petit éclat de rire aigu.

– Oh, chut ! murmura le Lapin, l'air terrorisé. La Reine va vous entendre. Voyez-vous, elle est arrivée en retard et la Reine a dit...

– À vos places ! cria la Reine d'une voix de tonnerre.

Tout le monde se mit à courir dans tous les sens, en se cognant et en se faisant tomber. Cependant, chacun fut en place au bout d'une minute ou deux, et la partie commença.

1. **Sentence capitale** : peine de mort.

Alice pensa qu'elle n'avait jamais vu un terrain de croquet aussi curieux de sa vie : c'était une série de trous et de bosses, les boules étaient des hérissons vivants, les maillets[1], des flamants roses, vivants aussi, et les soldats devaient se plier en deux, pieds et mains posés au sol, pour faire les arceaux[2].

Au début, la principale difficulté que rencontra Alice fut le maniement[3] de son flamant. Elle parvenait à coincer le corps de l'oiseau assez confortablement sous son bras, en laissant pendre les pattes mais, en général, quand elle avait réussi à lui faire tenir le cou bien raide et qu'elle allait frapper le hérisson, le flamant tournait la tête pour la dévisager. Il semblait alors tellement perplexe qu'elle ne pouvait pas s'empêcher d'éclater de rire. Et une fois qu'elle lui avait fait baisser la tête à nouveau, qu'elle s'apprêtait à recommencer son coup, il était tout à fait enrageant de constater que le hérisson s'était déroulé et s'enfuyait en trottinant. En plus de ça, il y avait toujours un trou ou une bosse sur le trajet, n'importe où qu'elle essaie d'envoyer le hérisson, et comme, par ailleurs, les soldats-arceaux n'arrêtaient pas de se lever et de partir à un autre endroit du terrain, Alice parvint vite à la conclusion qu'il s'agissait d'un jeu très difficile, vraiment.

Les joueurs jouaient tous à la fois sans attendre leur tour, se querellaient sans cesse, se disputaient les hérissons. Au bout de très peu de temps, la Reine fut d'une humeur exécrable[4]. Elle se mit à arpenter le terrain et à crier : « Qu'on lui coupe la tête ! » à peu près une fois par minute.

1. **Maillet** : long manche en bois dont l'extrémité comporte un marteau à deux têtes.
2. **Arceaux** : arcs sous lesquels on fait passer les boules.
3. **Maniement** : utilisation.
4. **Exécrable** : épouvantable.

Alice face à la Reine de Cœur. Illustration de Charles Robinson (1907).

Alice commençait à se sentir mal à l'aise. Bien sûr elle n'avait pas encore eu de dispute avec la Reine, mais elle sentait que cela pouvait se produire d'un instant à l'autre. « Et alors, se demanda-t-elle, qu'adviendrait-il de moi ? Ils aiment terriblement couper les têtes ici. Ce qui m'étonne, c'est qu'il reste encore quelqu'un de vivant. »

Elle cherchait, en regardant autour d'elle, un moyen de s'échapper et se demandait si elle pourrait s'enfuir sans qu'on la voie quand elle remarqua une étrange apparition dans les airs. Elle fut extrêmement surprise au début mais, après l'avoir observée pendant un petit moment, elle comprit qu'il s'agissait d'un large sourire. « C'est le Chat de Chester, se dit-elle. À présent j'aurai quelqu'un avec qui parler. »

– Que deviens-tu ? demanda-t-il dès qu'il y eut assez de bouche pour s'en servir à parler.

Alice attendit que les yeux apparaissent à leur tour pour le gratifier[1] d'un salut de la tête. « Inutile de lui parler, songea[2]-t-elle, avant que ses oreilles soient arrivées, ou au moins une des deux. »

Un peu plus tard, la tête entière se montra. Alice posa son flamant et se lança dans un compte rendu de la partie, tout heureuse d'avoir quelqu'un pour l'écouter. Le chat semblait considérer qu'une portion[3] suffisante de sa personne était visible pour l'heure[4], et rien de plus ne fut visible.

– Je ne pense pas qu'ils jouent honnêtement du tout, commença Alice d'un ton plaintif. Et ils se disputent tellement qu'on ne s'entend pas parler. Il me semble qu'il n'y a pas vraiment de règle du jeu, et même s'il y en a une, personne ne s'en soucie... En plus, vous n'avez pas idée comme c'est déroutant[5] que tout soit vivant. Par exemple, il y a l'arceau sous lequel on doit passer et lui part se promener à l'autre bout du terrain... Et, à l'instant, j'aurais croqué[6] le hérisson de la Reine s'il ne s'était pas enfui quand il a vu le mien approcher.

1. **Le gratifier de** : lui accorder.
2. **Songea** : pensa.
3. **Portion** : partie, morceau.
4. **Pour l'heure** : pour l'instant.
5. **Déroutant** : perturbant, déstabilisant.
6. **Croquer** : frapper la boule d'un adversaire avec sa propre boule.

– Aimes-tu la Reine ? demanda le Chat à voix basse.

– Pas du tout, dit Alice. Elle est tellement...

À ce moment précis, elle constata que la Reine était juste derrière elle, à l'écouter. Aussi poursuivit-elle en disant :

– ... en position de gagner, que ça ne vaut même plus la peine de finir la partie.

La Reine sourit et s'éloigna.

– À qui donc parlez-vous ? dit le Roi en s'approchant d'Alice et en regardant la tête du Chat avec beaucoup de curiosité.

– C'est un ami à moi... un Chat de Chester, dit Alice. Permettez-moi de vous le présenter.

– Je n'aime pas du tout son allure, dit le Roi. Cependant je l'autorise à me baiser la main s'il le veut.

– J'aimerais mieux pas, répliqua le Chat.

– Ne soyez pas impertinent, dit le Roi, et ne me dévisagez pas de la sorte.

Et, tout en parlant, il se cacha derrière Alice.

– Un chat peut regarder un Roi, dit Alice. J'ai lu cela dans un livre mais je ne me souviens pas dans lequel.

– Soit, mais il faut l'enlever de là, dit le Roi d'un ton décidé.

Il appela la Reine qui passait par là :

– Ma chère, j'aimerais que vous fassiez enlever ce chat de là.

La Reine avait une seule méthode pour résoudre toutes les difficultés, petites ou grosses.

– Qu'on lui coupe la tête ! dit-elle sans même lever les yeux.

– J'irai chercher le bourreau moi-même, dit le Roi avec empressement[1].

Et il s'en alla à la hâte.

1. **Avec empressement** : avec zèle, en se dépêchant de le faire.

Alice pensa qu'elle pourrait aussi bien retourner voir où en était la partie, car elle distinguait, à quelque distance, la voix de la Reine qui s'égosillait[1] de rage. Elle l'avait déjà entendue condamner trois joueurs pour avoir manqué leur tour, et elle n'aimait pas du tout la tournure que prenaient les événements : le jeu était si confus[2] qu'elle ne savait jamais si c'était à son tour de jouer ou pas. Aussi se mit-elle à la recherche de son hérisson.

Le hérisson avait engagé une bagarre avec un congénère[3], ce qui parut à Alice une excellente occasion de croquer l'un avec l'autre[4]. Le seul ennui, c'était que son flamant avait filé à l'autre bout du jardin où elle l'aperçut qui essayait, assez désespérément, de s'envoler pour se percher dans un arbre.

Le temps de rattraper et de rapporter le flamant, la bagarre était finie et aucun des hérissons n'était plus en vue. « Cela n'a pas grande importance, pensa Alice, puisque tous les arceaux ont déserté[5] ce côté-ci du terrain. »

Aussi coinça-t-elle fermement l'oiseau sous le bras pour qu'il ne s'échappe pas une nouvelle fois et revint faire la conversation avec son ami.

Quand elle arriva près du Chat de Chester, elle eut la surprise de constater qu'une foule s'était assemblée autour de lui. Il y avait une dispute entre le bourreau, le Roi et la Reine, qui parlaient tous à la fois, tandis que les autres se taisaient et semblaient très mal à l'aise.

1. **S'égosillait** : s'épuisait à force de crier.
2. **Confus** : désordonné.
3. **Congénère** : animal de la même espèce.
4. **Croquer l'un avec l'autre** : frapper l'autre hérisson avec le sien.
5. **Ont déserté** : ont abandonné, sont partis.

Au moment où Alice apparut, ils firent appel à elle tous les trois pour régler la question et lui exposèrent leurs arguments[1], mais, comme ils parlaient les trois à la fois, elle eut bien du mal à comprendre ce que chacun disait.

La position du bourreau était qu'on ne pouvait pas couper une tête si on n'avait pas aussi un corps d'où la couper, qu'il n'avait encore jamais eu à faire une telle chose auparavant et qu'il n'allait certainement pas commencer à l'âge qu'il avait.

La position du Roi était que tout ce qui a une tête peut être décapité[2] et qu'il ne fallait pas débiter des absurdités[3].

La position de la Reine était que si la question n'était pas tranchée● en moins de temps qu'il n'en faut pour le dire, elle ferait exécuter tout le monde à la ronde. (C'est cette dernière affirmation qui faisait que l'assistance[4] avait l'air grave et inquiet.)

Alice ne put trouver rien d'autre à dire que :

– Le Chat appartient à la Duchesse. Il vaudrait mieux s'adresser à elle pour ce qui le concerne.

– Elle est en prison, dit la Reine au bourreau. Va la chercher.

Et le bourreau fila comme une flèche.

La tête du Chat commença à disparaître dès qu'il fut parti et, le temps qu'il soit revenu avec la Duchesse, elle avait entièrement disparu. Le Roi et le bourreau coururent frénétiquement[5] de-ci de-là à sa recherche tandis que le reste des invités retournait au jeu.

1. **Arguments** : raisons, motifs.
2. **Être décapité** : avoir la tête coupée.
3. **Absurdités** : bêtises.
4. **Assistance** : personnes présentes.
5. **Frénétiquement** : avec une grande nervosité, fébrilement.

● **Tranchée signifie ici « décidée ». La traduction joue sur les sens propre (« couper ») et figuré* (« décider »), puisque la Reine veut couper la tête à tout le monde.**

9

L'histoire de la Tortue Fantaisie

– Vous ne pouvez pas imaginer combien je suis heureuse de vous revoir, ma chère vieille amie ! dit la Duchesse en prenant affectueusement le bras d'Alice.

Et elles se mirent à se promener ensemble. Alice fut ravie de la trouver d'aussi bonne humeur et songea[1] que, peut-être, c'était seulement le poivre qui l'avait rendue aussi sauvage quand elles s'étaient rencontrées dans la cuisine.

« Quand je serai duchesse, se dit-elle (mais pas sur un ton bien convaincu, toutefois), il n'y aura pas de poivre dans ma cuisine, pas du tout ! La soupe s'en passe très bien... Et peut-être est-ce toujours le poivre qui provoque la mauvaise humeur des gens », poursuivit-elle, très contente d'avoir découvert une nouvelle règle générale, « et le vinaigre qui les aigrit... et la camomille qui les

1. **Songea** : pensa.

L'anglais *mock-turtle* veut dire « tortue imitée ». L'édition originale avec les illustrations de John Tenniel montre une tortue qui a la tête et les pattes d'un veau. Voir aussi l'illustration p. 109.

rend amers… et… et le sucre d'orge et ce genre de choses qui font les enfants au caractère doux. J'aimerais bien que les gens le sachent : ils ne seraient pas aussi avares[1] de sucreries, voyez-vous… »

Elle avait complètement oublié la Duchesse à ce moment-là, et sursauta en entendant sa voix près de son oreille :

– Vous pensez à quelque chose, ma chère, et cela vous fait oublier de parler. Je ne peux pas vous dire quelle est la morale de ceci maintenant mais je m'en souviendrai dans un instant.

– Peut-être il n'y en pas, se risqua à remarquer Alice.

– Taratata, mon enfant ! dit la Duchesse. Tout a sa morale pour peu qu'on parvienne à la trouver.

Et elle se serra encore un peu plus contre Alice tout en parlant.

Alice n'aimait pas particulièrement qu'elle se tienne aussi près, d'abord parce que la Duchesse était vraiment hideuse[2], ensuite parce qu'elle avait exactement la bonne taille pour appuyer son menton sur l'épaule d'Alice, et c'était un menton désagréablement pointu. Pourtant, comme Alice n'aimait pas se montrer mal élevée, elle le supporta comme elle put.

– Le jeu se déroule plutôt mieux à présent, dit-elle, histoire d'entretenir un peu la conversation.

– C'est vrai, dit la Duchesse, et la morale de ceci est : « Oh ! c'est l'amour, c'est l'amour qui fait tourner le monde ! »

– Quelqu'un a dit, murmura Alice, que c'est dû au fait que chacun se mêle de ses propres affaires.

1. **Avare** : mot dont l'équivalent familier est « radin ».
2. **Hideuse** : très laide.

Jeu sur les sens propre et figuré* : au sens propre, « aigre » et « amer » sont des saveurs piquantes et un peu désagréables ; au sens figuré, des personnes aigries et amères éprouvent du ressentiment envers les autres.

– Eh bien ! mais cela veut dire tout à fait la même chose ! dit la Duchesse en enfonçant un peu plus son petit menton pointu dans l'épaule d'Alice. Et, ajouta-t-elle, la morale de ceci est : « Prenons soin du sens et les sons prendront soin d'eux-mêmes ! »

« Comme elle aime trouver une morale aux choses ! » songea Alice.

– Je pense que vous vous demandez pourquoi je ne vous passe pas le bras autour de la taille, reprit la Duchesse après une pause. La raison en est que je ne me fie[1] pas à l'humeur de votre flamant. Tenterai-je l'expérience ?

– Il pourrait vous piquer, répondit prudemment Alice qui n'éprouvait pas du tout l'envie qu'elle la tente.

– Très vrai, dit la Duchesse, les flamants et la moutarde piquent tous deux. Et la morale de ceci est : « Les oiseaux de même plumage volent en troupe. »

– Seulement, la moutarde n'est pas un oiseau, remarqua Alice.

– Vrai ! comme toujours, dit la Duchesse. Quelle façon claire vous avez de présenter les choses !

– C'est un minéral, je pense, dit Alice.

– Bien sûr, c'en est un, dit la Duchesse qui semblait prête à approuver tout ce qu'Alice disait. Il y a une grande mine de moutarde près d'ici. Et la morale de ceci est :

« Garde-toi, tant que tu vivras,
De juger les gens sur la mine. »

1. **Je ne me fie pas** : je n'ai pas confiance.

La « mine » désigne deux homonymes*: l'expression du visage mais aussi une grotte faite dans le sol pour extraire un matériau.

– Oh ! je sais, dit Alice, qui n'avait pas écouté cette dernière remarque, c'est un légume. Ça n'y ressemble pas, mais c'en est un.

– Je suis bien de votre avis, dit la Duchesse. Et la morale de ceci est : « Soyez ce que vous sembleriez être »... ou, pour le dire plus simplement : « Ne vous imaginez jamais que vous n'êtes pas différente de ce qu'il pourrait apparaître aux autres que ce que vous êtes ou que vous pourriez avoir été n'était pas différent de ce que vous auriez été en leur étant apparu comme allant autrement. »

– Je pense que je comprendrais mieux, dit Alice très poliment, si je voyais tout cela écrit mais je n'arrive pas bien à suivre quand vous le dites.

– Ce n'est rien à côté de ce que je pourrais dire si je voulais, dit la Duchesse d'un ton très satisfait.

– Je vous en prie, ne prenez pas la peine de rien dire de plus long que ça, dit Alice.

– Oh, ne parlez pas de peine ! dit la Duchesse. Je vous fais cadeau de tout ce que j'ai dit jusqu'à présent.

« Un cadeau bon marché ! pensa Alice. Je suis heureuse qu'on ne fasse pas des cadeaux d'anniversaire de ce genre. » Mais elle ne se risqua pas à le dire à voix haute.

– En train de penser de nouveau ? demanda la Duchesse en lui enfonçant un peu plus le menton dans l'épaule.

– J'ai le droit de penser, dit Alice assez sèchement, car elle commençait à se sentir un peu agacée.

– Juste autant le droit, dit la Duchesse, que les cochons de voler. Et la mora...

Mais là, à la grande surprise d'Alice, la voix de la Duchesse s'éteignit, au beau milieu de son mot préféré « morale », et le bras qu'elle avait passé sous celui d'Alice se mit à trembler. Alice leva les yeux : la Reine se dressait devant elles, avec les bras croisés et fronçant les sourcils comme un orage.

– Une belle journée, Votre Majesté ! commença la Duchesse d'une toute petite voix.

– Maintenant je vous préviens loyalement, hurla la Reine en tapant des pieds, vous ou votre tête, l'une des deux doit disparaître. Et cela en moins de temps qu'il n'en faut pour le dire ! Faites votre choix !

La Duchesse fit son choix et disparut sur-le-champ[1].

– Allons continuer la partie, dit la Reine à Alice.

Alice était beaucoup trop effrayée pour dire un mot ; elle la suivit à pas lents jusqu'au terrain de croquet.

Les autres invités profitaient de l'absence de la Reine pour se reposer à l'ombre. Toutefois, dès qu'ils la virent, ils revinrent précipitamment au jeu, la Reine faisant juste remarquer qu'un instant de retard leur coûterait la tête.

Tout le temps que dura la partie, la Reine ne cessa pas de se quereller[2] avec les autres joueurs et de crier : « Qu'on lui coupe la tête ! » Ceux qu'elle condamnait étaient aussitôt mis aux arrêts[3] par les soldats qui, bien sûr, devaient cesser d'être des arceaux pour ce faire[4], si bien qu'au bout d'une demi-heure environ, il ne restait plus d'arceaux et que tous les joueurs, à l'exception du Roi, de la Reine et d'Alice, étaient aux arrêts, condamnés à la peine capitale[5].

Alors la Reine, tout à fait à bout de souffle, laissa le jeu et demanda à Alice :

1. **Sur-le-champ** : immédiatement.
2. **Se quereller** : se disputer.
3. **Mis aux arrêts** : arrêtés.
4. **Ce faire** : faire cela.
5. **Peine capitale** : peine de mort.

– Avez-vous déjà rencontré la Tortue Fantaisie ?

– Non, dit Alice. Je ne sais même pas ce que c'est qu'une Tortue Fantaisie.

– C'est ce avec quoi la Soupe de Tortue Fantaisie● est faite, dit la Reine.

– Je n'en ai jamais vu, dit Alice. Ni jamais entendu parler.

– Alors venez, dit la Reine. Elle vous racontera son histoire.

Tandis qu'elles s'en allaient toutes deux, Alice entendit le Roi dire à voix basse en s'adressant à l'assistance en général :

– Vous êtes tous graciés[1].

« Allons, voilà une bonne chose ! » se dit Alice, car elle se sentait mécontente des nombreuses exécutions que la Reine avait ordonnées.

Bientôt elles rencontrèrent un Griffon[2] allongé au soleil et profondément endormi.

– Debout ! paresseux ! dit la Reine. Emmenez cette jeune demoiselle voir la Tortue Fantaisie et entendre son histoire. Je dois rentrer surveiller quelques exécutions que j'ai ordonnées.

Et elle s'en alla, laissant Alice seule avec le Griffon. Alice n'aimait guère l'aspect de cette créature mais, somme toute, elle se dit qu'il serait aussi sûr de rester avec lui que de suivre cette Reine cruelle, aussi attendit-elle.

Le Griffon s'assit et se frotta les yeux. Puis il suivit la Reine du regard jusqu'à ce qu'elle ait disparu et émit un petit rire.

1. **Graciés** : ils ne sont plus condamnés.
2. **Griffon** : animal de la mythologie qui a le corps d'un lion, la tête et les ailes d'un aigle.

● **C'est une soupe à base de tête de veau qui remplace la véritable soupe à la tortue, trop chère. Datant du XVIIIe siècle, la soupe à la tortue était un classique de la cuisine anglaise. Aujourd'hui, on peut la consommer en Asie ou dans les Caraïbes.**

– Que c'est drôle ! dit-il, à moitié pour lui-même et à moitié pour Alice.

– Qu'est-ce qui est drôle ? dit Alice.

– Eh bien, elle ! dit le Griffon. Tout se passe dans son imagination. On n'exécute jamais personne, vois-tu. Allez, viens !

« Tout le monde me dit : “Allez ! Viens !” ici, pensa Alice. De ma vie, je n'ai jamais été commandée de la sorte ! »

Ils n'eurent pas à aller loin pour apercevoir la Tortue Fantaisie assise l'air solitaire et désolé sur une petite éminence rocheuse[1]. En approchant, Alice l'entendit soupirer comme si son cœur allait se briser. Elle se mit à la plaindre profondément.

– Qu'est-ce qui cause son chagrin ? demanda-t-elle au Griffon.

Le Griffon répondit presque les mêmes mots qu'auparavant :

– Tout est dans son imagination. Elle n'a aucun chagrin, tu sais. Allez, viens !

Ils arrivèrent près de la Tortue Fantaisie qui fixa sur eux de grands yeux pleins de larmes mais ne parla pas.

– Cette jeune dame ici présente, dit le Griffon, elle désire beaucoup savoir ton histoire, c'est ce qu'elle veut.

– Alors, je la lui raconterai, répondit la Tortue Fantaisie d'une voix grave et caverneuse[2]. Asseyez-vous, tous les deux. Et pas un mot avant que j'aie fini.

Ils s'assirent, et personne ne parla pendant plusieurs minutes. Alice pensa : « Je me demande bien comment elle pourra finir si elle ne commence même pas. » Mais elle attendit patiemment.

– Autrefois, dit enfin la Tortue Fantaisie dans un profond soupir, j'étais une vraie Tortue.

1. **Éminence rocheuse** : rocher en hauteur.
2. **Caverneuse** : voix sourde et dure.

*Alice rencontre le Griffon et la Tortue Fantaisie.
Illustration de Blanche McManus (1899).*

Ces mots furent suivis d'un très long silence, troublé seulement par un « Hjckrrh ! » exclamatif de circonstance que poussa le Griffon et par les gros sanglots ininterrompus de la Tortue Fantaisie. Alice fut bien près de se lever en disant : « Merci, madame, pour cette passionnante histoire ! », mais elle ne put s'empêcher de penser qu'il devait y avoir autre chose à venir, aussi resta-t-elle assise et ne dit rien.

– Quand nous étions petits, poursuivit enfin la Tortue Fantaisie, plus calmement même si elle continuait de sangloter par intervalles[1], nous allions à l'école dans la mer. Le maître était une vieille Tortue marine que nous appelions « Faisan des Glaces »...

– Pourquoi l'appeliez-vous « Faisan » alors qu'elle n'en était pas un ?

– Nous l'appelions Faisan des Glaces parce qu'elle gagnait sa vie en faisant des classes●, dit la Tortue Fantaisie avec impatience. Vraiment, tu es très sotte !

– Tu devrais avoir honte de toi, dit le Griffon. Poser une question aussi niaise[2] !

Et tous deux se turent pour fixer la pauvre Alice qui aurait bien voulu disparaître sous terre. Finalement, le Griffon dit à la Tortue Fantaisie :

– Enchaînez, ma vieille. Ne passez pas toute la journée dessus !

Alors elle continua en ces termes :

– Eh oui ! nous allions à l'école dans la mer, même s'il se peut que tu ne le croies pas...

– Je n'ai jamais dit que je ne le croyais pas, interrompit Alice.

– Mais si, dit la Tortue Fantaisie.

– Tiens ta langue, dit le Griffon avant qu'Alice ait pu parler à nouveau.

1. **Par intervalles** : de temps en temps.
2. **Niaise** : stupide.

● **Jeux de mots sur les sonorités proches des expressions « Faisan des Glaces » et « faisant des classes ».**

La Tortue Fantaisie poursuivit :

– Nous avons reçu la meilleure éducation… En fait nous allions à l'école tous les jours…

– Je suis allée à l'école moi aussi, dit Alice. Vous n'avez pas besoin d'en être aussi fière.

– Avec des cours en supplément ? demanda la Tortue Fantaisie, un peu inquiète.

– Oui, dit Alice. Nous avions Musique et Français.

– Et Blanchissage[1] ?

– Sûrement pas, dit Alice d'un ton indigné.

– Alors, votre école n'était pas vraiment une bonne école, dit la Tortue Fantaisie vivement soulagée. Dans la nôtre, à la fin de la note des frais de pension, à la rubrique « suppléments », il y avait : Musique, Français et… Blanchissage !

– Vous n'en aviez pas beaucoup besoin, dit Alice, en vivant au fond de la mer.

– Je n'ai pas eu les moyens de l'étudier, dit la Tortue Fantaisie en soupirant. Je suivais seulement les matières obligatoires.

– Quelles étaient-elles ? demanda Alice.

– Luire et Ouï-dire[2], bien sûr, pour commencer, répondit la Tortue Fantaisie, et puis les différentes branches de l'Arithmétique● : Ambition, Distraction, Horriblification et Dérision[3].

– Je n'ai jamais entendu parler d'Horriblification, s'aventura Alice. Qu'est-ce donc ?

1. **Blanchissage** : action de blanchir le linge.
2. **Ouï-dire** : ce que l'on a entendu dire, que l'on ne sait que par la rumeur.
3. **Dérision** : moquerie un peu cruelle.

● **La Tortue Fantaisie détourne les matières enseignées à l'école. Dans l'ordre, il s'agit de « lire et écrire » puis « addition, soustraction, multiplication et division ». Parmi les mots modifiés tous existent sauf « horriblification » qui est un néologisme*.**

Le Griffon leva les pattes, de surprise.

– Comment, jamais entendu parler d'horriblifier ! s'exclama-t-il. Tu sais ce que embellir veut dire, j'imagine ?

– Oui, dit Alice en hésitant. Cela veut dire… rendre… les choses… plus belles.

– Alors, continua le Griffon, si tu ne sais pas ce qu'horriblifier veut dire, tu es vraiment une imbécile.

Alice ne se sentit guère encouragée à poser d'autres questions sur le sujet. Elle se tourna vers la Tortue Fantaisie et demanda :

– Qu'aviez-vous d'autre à apprendre ?

– Eh bien il y avait l'Hister, répondit la Tortue Fantaisie en comptant les matières sur ses nageoires, Hister ancien et Hister moderne, Thalassographie[1] et puis Naissain… Le professeur de Naissain était un vieux Congre[2] qui venait une fois par semaine. Lui nous montrait comment faire des gnocchis et de la pointure à tuile●.

– Qu'est-ce que c'est, la pointure à tuile ? dit Alice.

– Eh bien ! je ne peux pas te le montrer moi-même car je suis trop raide, dit la Tortue Fantaisie. Et le Griffon n'a jamais appris.

– Pas eu le temps, dit le Griffon. Cependant, je suis allé aux cours du professeur de la section classique. C'était un vieux Cancre las●.

1. **Thalassographie** : autre néologisme*, avec « thalasso » qui signifie « de la mer ».
2. **Congre** : poisson qui ressemble à une anguille.

● **On reconnaît « histoire ancienne et histoire moderne », « dessin », « croquis » et « peinture à l'huile ». Quelques lignes plus loin, le « latin » et le « grec ».**

● **Il s'agit d'une homonymie* entre l'expression « cancre las » (mauvais élève fatigué) et le mot « cancrelat » (cafard).**

– Je n'ai jamais suivi ses cours, dit la Tortue Fantaisie avec un soupir. Il enseignait le Tatin et le Cake à ce qu'on disait.

– C'est bien vrai, c'est bien vrai ! dit le Griffon en soupirant à son tour.

Et les deux créatures se cachèrent le visage avec les pattes.

– Et combien aviez-vous d'heures de cours par jour ? dit Alice, pressée de changer de sujet.

– Dix heures le premier jour, dit la Tortue Fantaisie, neuf le suivant et ainsi de suite...

– Quel étrange emploi du temps ! s'exclama Alice.

– C'est pourquoi on les appelle cours, dit le Griffon. Parce qu'ils sont plus courts chaque jour.

C'était là une idée tout à fait neuve pour Alice et elle y réfléchit un petit moment avant de faire sa prochaine remarque :

– Le onzième jour devait forcément être un jour de congé.

– Bien sûr, il l'était, dit la Tortue Fantaisie.

– Et comment faisiez-vous le douzième jour ? continua Alice pleine de curiosité.

– Ça suffit avec les leçons, interrompit le Griffon d'un ton très résolu. Raconte-lui quelque chose sur les jeux, à présent.

Cours/plus courts : en anglais, le jeu de mots porte sur les mots *lessons* (leçon) et *lessen* (raccourcir).

Si la Tortue Fantaisie travaille chaque jour une heure de moins, le onzième jour elle n'a aucune heure de cours (jour de congé). Mais que fait-elle ensuite, le douzième jour ?

10

Le Quadrille[1] des Homards

La Tortue Fantaisie soupira profondément en se couvrant les yeux du dos de sa nageoire. Elle regarda Alice et s'efforça de parler mais, pendant une minute ou deux, des sanglots étouffèrent sa voix.

– Comme si elle avait une arête plantée dans la gorge, dit le Griffon.

Et il se mit en devoir de la secouer et de lui donner des tapes dans le dos. Finalement, la Tortue Fantaisie recouvra[2] la voix, et avec des larmes qui ruisselaient sur ses joues, elle poursuivit :

– Il se peut que tu n'aies pas beaucoup vécu dans la mer... (« Jamais », dit Alice)... et peut-être n'as-tu jamais fait la connaissance d'un Homard... (Alice commença à dire : « Une fois j'ai goûté... » mais elle se reprit aussitôt et dit : « Non, jamais ! »)... aussi tu ne peux pas avoir idée de l'enchantement[3] qu'est le Quadrille des Homards !

1. **Quadrille** : danse à la mode au XIXe siècle.
2. **Recouvra** : retrouva.
3. **Enchantement** : très grand plaisir.

– Non, vraiment pas, dit Alice. Quel genre de danse est-ce ?

– Eh bien ! dit le Griffon, d'abord on se met sur une ligne le long du rivage...

– Deux lignes ! s'écria la Tortue Fantaisie. Les phoques, les tortues, les saumons, etc. Puis quand vous avez enlevé toutes les méduses du passage...

– Ce qui, en général, prend du temps, interrompit le Griffon.

– ... On fait deux pas en avant...

– Chacun avec un Homard pour cavalier ! cria le Griffon.

– Bien sûr ! dit la Tortue Fantaisie... Et deux pas en avant vers votre cavalier...

– ... On change de Homard ! En arrière on repart ! continua le Griffon.

– Et puis sans hésiter, enchaîna la Tortue Fantaisie, il faut alors lancer...

– Les Homards à la mer ! hurla le Griffon en bondissant en l'air.

– ... Aussi loin que possible !

– Vous nagez après eux ! glapit[1] le Griffon.

– Roulade dans la mer ! cria la Tortue Fantaisie en cabriolant[2] comme une folle.

– Changez de cavalier ! hurla le Griffon aussi fort qu'il le put.

– Retour sur le rivage !... Et c'est tout pour la première figure, dit la Tortue Fantaisie en baissant soudain la voix.

Et ces deux créatures, qui venaient de gambader comme des folles tout un long moment, s'assirent de nouveau très tristement et très calmement à regarder Alice.

– Ce doit être une très jolie danse, dit Alice timidement.

– Aimerais-tu en voir un peu ? dit la Tortue Fantaisie.

1. **Glapit** : cria d'une voix aiguë.
2. **Cabriolant** : sautant.

– Vraiment beaucoup, dit Alice.

– Venez ! Essayons la première figure, dit la Tortue Fantaisie au Griffon. Nous pouvons faire sans Homards. Qui va chanter ?

– Oh ! Chantez, vous ! dit le Griffon. J'ai oublié les paroles.

Alors ils commencèrent à danser solennellement[1], en tournant et tournant autour d'Alice, lui marchant sur les orteils de temps en temps quand ils passaient trop près, et balançant leurs pattes de devant pour battre la mesure[2] tandis que la Tortue Fantaisie chantait ceci●, très lentement et d'une voix triste :

– Voudriez-vous avancer plus vite, dit une alose[3] au bigorneau[4],
J'ai un raieton[5] juste derrière, et il me marche sur la queue.
Les Homards avec les Tortues, voyez, avancent en cadence.
Ils attendent sur les galets, voulez-vous entrer dans la danse ?

Voulez-vous ou pas, voulez-vous ou pas, entrer dans la danse ?
Voulez-vous ou pas, voulez-vous ou pas, entrer dans la danse ?

Vous ne pouvez imaginer quelles délices ce sera,
Quand en compagnie des homards, à la mer on nous jettera.
Mais le bigorneau répondit : « Trop loin ! », et plein de défiance[6]
Prévint l'alose de ce qu'il ne voulait entrer dans la danse.

Il ne voulait, il ne pouvait, entrer, entrer dans la danse.
Il ne voulait, il ne pouvait, entrer, entrer dans la danse.

1. **Solennellement** : avec cérémonie.
2. **Battre la mesure** : marquer le rythme.
3. **Alose** : sorte de hareng.
4. **Bigorneau** : coquillage que l'on peut manger.
5. **Raieton** : petit de la raie, poisson très plat en forme de losange.
6. **Défiance** : méfiance.

● **Lewis Carroll parodie* un poème de Mary Howitt (1799-1888), *The Spider and the Fly* (« L'araignée et la mouche »).**

Son ami à écaille dit : que nous importe[1] la distance,
Il y aura d'autres rivages, une fois passée l'eau, je pense.
Plus l'Angleterre sera loin, plus nous serons près de la France
Ne pâlissez pas, bigorneau, venez vite entrer dans la danse !

Voulez-vous ou pas, voulez-vous ou pas, entrer dans la danse ?
Voulez-vous ou pas, voulez-vous ou pas, entrer dans la danse ?

– Merci, c'est une danse très intéressante à regarder, dit Alice qui se sentait contente que ce soit enfin terminé. Et j'aime beaucoup aussi cette étrange chanson sur l'alose.

– Oh ! à propos d'alose... dit la Tortue Fantaisie. Elles... Tu en as déjà vu, bien sûr ?

– Oui, dit Alice, j'en ai souvent vu à dîn...

Elle s'interrompit précipitamment.

– J'ignore où Dîn peut se trouver, dit la Tortue Fantaisie, mais puisque tu en as vu souvent, tu sais comment elles sont.

– Je le crois ! répondit Alice pensivement. Elles sont repliées, la queue dans la bouche... et sont recouvertes de chapelure[2].

– Tu te trompes pour la chapelure, dit la Tortue Fantaisie. Les miettes seraient tout de suite lavées par la mer. Mais elles ont réellement la queue dans la bouche, et la raison en est que...

La Tortue Fantaisie bâilla et ferma les yeux.

– Expliquez-lui, la raison et tout et tout, dit-elle au Griffon.

– La raison est qu'elles allèrent avec les Homards pour la danse. Aussi les lança-t-on à la mer. Ainsi elles eurent à tomber très loin. Aussi serrèrent-elles très fort leur queue dans la bouche. Ainsi ne purent-elles plus l'ôter[3]. C'est tout !

1. **Que nous importe** : peu importe.
2. **Chapelure** : pain séché et émietté.
3. **L'ôter** : l'enlever.

– Merci, dit Alice, c'est très intéressant. Je n'en avais jamais appris sur le compte des aloses.

– Je peux t'en dire plus encore si tu le souhaites, dit le Griffon. Sais-tu pourquoi on les appelle aloses ?

– Je n'y ai jamais réfléchi, dit Alice. Pourquoi ?

– Elles servent à faire les chaussures et les bottes, répondit le Griffon avec beaucoup de gravité[1].

Alice fut totalement abasourdie[2].

– À faire les chaussures et les bottes ! ne cessa-t-elle de répéter, d'un ton incrédule[3].

– Avec quoi perfore-t-on le cuir des chaussures ? dit le Griffon. Je veux dire pour les fabriquer ?

Alice le regarda et prit un moment pour réfléchir avant de répondre.

– Avec une alêne[4]. Je pense que c'est le nom, dit Alice.

– Bottes et chaussures, sous la mer, poursuivit le Griffon d'une voix profonde, sont faites avec une alose. Maintenant, tu sais.

– Et avec quoi sont-elles fabriquées ? demanda Alice avec beaucoup de curiosité.

– Des talons anguilles et des pouce-pied●, évidemment, répliqua le Griffon avec impatience. N'importe quelle crevette te l'aurait dit.

– À la place de l'alose, dit Alice qui pensait encore à la chanson, j'aurais dit au raieton :

1. **Gravité** : sérieux.
2. **Abasourdie** : stupéfaite.
3. **Incrédule** : qui ne parvient pas à y croire.
4. **Alêne** : poinçon en acier utilisé par les cordonniers pour percer et coudre le cuir.

● **Le jeu de mots de la traduction mêle le thème des chaussures et celui de la mer : « l'alêne » (poinçon) devient « l'alose » (le poisson) ; les talons aiguilles et les chausse-pieds deviennent des « talons anguilles » et des « pouce-pied » (crustacés).**

– Reculez, s'il vous plaît, nous ne voulons pas vous avoir avec nous.

– Ils étaient obligés de l'avoir, dit la Tortue Fantaisie. Aucun poisson raisonnable n'irait nulle part sans raieton.

– Vraiment pas ? dit Alice sur le ton de la plus vive surprise.

– Bien sûr que non ! dit la Tortue Fantaisie, si un poisson venait me voir pour m'annoncer qu'il s'en va en voyage, je lui demanderais : « Vous ne partez pas sans raieton, je suppose ? »

– Ne voulez-vous pas dire « raison » ? dit Alice.

– Je veux dire ce que je dis, répliqua la Tortue Fantaisie, d'un ton offensé.

Et le Griffon ajouta :

– Allons, fais-nous part de quelques-unes de tes aventures.

– Je pourrais vous raconter mes aventures... en les commençant ce matin, dit Alice un peu timidement. Mais il est inutile de remonter à hier parce qu'alors j'étais quelqu'un d'autre.

– Explique-nous tout ça ! dit la Tortue Fantaisie.

– Non, non, d'abord les aventures ! dit le Griffon d'une voix pleine d'impatience. Les explications prennent un temps terrible !

Si bien qu'Alice se mit à leur raconter ses aventures depuis le moment où elle avait aperçu le Lapin Blanc. Elle se sentit un peu nerveuse, au début, car les deux créatures se placèrent si près d'elle, une de chaque côté, et ouvrirent les yeux et la bouche tellement en grand. Cependant elle prit de l'assurance en parlant. Son auditoire[1] fut parfaitement silencieux jusqu'à ce qu'elle en arrive à la récitation de *Vous êtes vieux, Père Guillaume* devant la Chenille

1. **Auditoire** : personnes qui écoutent, auditeurs.

Jeu de mots sur « raieton » et « raison », noms aux sonorités assez proches.

et à la façon dont les mots lui étaient venus tout différents. Alors la Tortue Fantaisie exhala[1] un long soupir et dit :

– C'est très curieux.

– C'est tout aussi curieux que ça peut l'être, dit le Griffon.

– Les mots lui venaient tout différents, répéta la Tortue Fantaisie pensivement. J'aimerais bien l'entendre essayer de réciter quelque chose maintenant. Demandez-lui de le faire.

Elle s'adressa au Griffon comme si elle pensait qu'il avait quelque autorité sur Alice.

– Levez-vous et récitez *C'est la voix du fainéant*, dit le Griffon.

« Comme ces créatures vous commandent et vous font réciter les leçons ! pensa Alice, je pourrais aussi bien être à l'école ! »

Pourtant elle se leva et commença à réciter. Seulement sa tête était si pleine du Quadrille des Homards qu'elle sut à peine ce qu'elle disait et que les mots qui lui vinrent furent très étranges :

– *C'est la voix du Homard, je l'entends déclarer*
Vous m'avez trop rôti, je dois mon poil sucrer.
Comme un canard fait de ses cils, lui, de son nez,
Attache ses boutons et s'écarte les pieds.

Quand le sable est bien sec, il rit comme un pinson[2]*,*
Et parle avec mépris des féroces poissons.
Mais quand la marée monte et que les poissons viennent,
Sa voix devient timide et ne s'entend qu'à peine.

– C'est différent de ce que je récitais quand j'étais enfant, dit le Griffon.

1. **Exhala** : laissa échapper.
2. **Pinson** : petit oiseau.

Lewis Carroll parodie* un autre poème d'Isaac Watts, *The Sluggard* (« Le paresseux »), qui critique les gens fainéants et fait l'éloge du travail.

– Ma foi, je n'ai jamais entendu ça auparavant, dit la Tortue Fantaisie, mais cela semble d'une absurdité[1] peu commune.

Alice ne répondit pas ; elle était assise, le visage enfoui dans les mains, en se demandant si quelque chose se produirait à nouveau de façon normale.

– J'aimerais qu'on me l'explique, dit la Tortue Fantaisie.

– Elle ne peut pas expliquer, dit le Griffon précipitamment. Continue et récite la strophe suivante !

– C'est à propos de ses pieds, insista la Tortue Fantaisie. Comment pouvait-il les écarter avec son nez ?

– C'est la première position pour la danse, dit Alice.

Mais elle était terriblement désorientée par tout cela et avait hâte de changer de sujet de conversation.

– Récite la strophe suivante, répéta le Griffon avec impatience. Elle commence par : « Passant par son jardin ».

Alice n'osa pas désobéir quoiqu'elle fût sûre que ce serait tout faux. Elle continua d'une voix qui tremblait :

– *Passant par son jardin, d'un seul œil, j'entrevis*
La Chouette et la Panthère autour d'un beau rôti.
À la Panthère échut[2] *et la sauce et la viande,*
La Chouette, elle, eut le plat pour sa part de prébende[3].

La Chouette pour finir, par-dessus le marché,
Eut l'autorisation d'empocher la cuiller[4] *;*
La Panthère reçut le couteau, la fourchette
Et, en plus du banquet...

1. **Absurdité** : bêtise.
2. **Échut** : fut donné.
3. **Prébende** : bénéfice (terme religieux).
4. **Cuiller** : ou cuillère.

– À quoi bon réciter tout ça, l'interrompit la Tortue Fantaisie, si tu ne l'expliques pas à mesure. Ce sont, de très loin, les choses les plus déconcertantes[1] que j'ai jamais entendues.

– Oui, je crois que tu devrais en rester là, dit le Griffon.

Alice n'en fut que trop heureuse.

– Allons-nous essayer une nouvelle figure[2] du Quadrille des Homards, poursuivit le Griffon, ou préfères-tu que la Tortue Fantaisie te chante une chanson ?

– Oh ! la chanson, s'il vous plaît ! Si la Tortue Fantaisie le veut bien, ce serait très gentil de sa part !

Alice avait répondu avec tant d'enthousiasme que le Griffon remarqua, d'un ton plutôt pincé[3] :

– Hum ! Chacun ses goûts ! Chantez-lui *Soupe à la Tortue*, voulez-vous, vieille branche ?

La Tortue Fantaisie soupira profondément et, d'une voix que les sanglots étouffaient par moments, se mit à chanter ceci :

– *Belle soupe, verte et onctueuse,*
Qu'apporte chaude la serveuse !
Qui de telles délices oserait se priver ?
Soupe du soir ! Ô belle soupe !
Soupe du soir ! Ô belle soupe !
Bê-ê-elle sou-ou-ou-pe !
Bê-ê-elle sou-ou-ou-pe !
Sou-ou-ou-pe du soi-oi-oir
Belle, belle, belle soupe !

1. **Déconcertantes** : déroutantes, déstabilisantes.
2. **Figure** : position.
3. **Pincé** : vexé.

Lewis Carroll détourne le poème *Star of the evening* (« Étoile du soir ») de James M. Sayle qui devient *Soup of the evening* (« Soupe du soir ») !

Belle soupe ! Mieux que poisson,
Mieux que viande ou que venaison[1]*,*
Tu ravis les palais[2]*, pour un petit prix :*
Trois sous le bol de belle soupe !
Trois sous le bol de belle soupe !
Bê-ê-elle Sou-ou-ou-pe !
Bê-ê-elle Sou-ou-ou-pe !
Sou-ou-ou-pe du soi-oi-oir
Belle, bel-le bel-le soupe !

– Le refrain de nouveau ! cria le Griffon.

La Tortue Fantaisie venait juste de le recommencer quand on entendit ce cri au loin : « Le procès va commencer ! »

– Viens ! s'écria le Griffon.

Et prenant Alice par la main, il partit en vitesse, sans attendre la fin de la chanson.

– De quel procès s'agit-il ? parvint à demander Alice en haletant[3] à cause de la course.

Mais le Griffon se borna à répéter : « Viens ! » et il courut encore plus vite tandis que, portés par la brise qui les suivait, leur parvenaient de plus en plus faiblement ces mots mélancoliques[4] :

– *Sou-ou-ou-pe du soi-oi-oir,*
Belle, belle, belle soupe !

1. **Venaison** : viande du gibier.
2. **Ravis les palais** : plaît beaucoup aux palais, a très bon goût.
3. **En haletant** : très essoufflée.
4. **Mélancoliques** : doux et tristes.

11

Qui a volé les tartes ?

Quand ils arrivèrent, le Roi et la Reine de Cœur étaient assis sur leur trône. Une grande foule s'était assemblée auprès d'eux : toutes sortes d'oiseaux et de petits animaux ainsi que le jeu de cartes au complet.

Le Valet se tenait à l'écart, couvert de chaînes, un soldat de chaque côté pour le garder. À côté du roi se trouvait le Lapin Blanc, tenant une trompette d'une main et un rouleau de parchemin de l'autre.

Au beau milieu de la salle d'audience, il y avait une table et, dessus, un grand plat de tartes. Elles semblaient tellement bonnes, qu'à les voir, Alice eut faim. « J'aimerais qu'ils en finissent avec leur procès, pensa-t-elle, et qu'on fasse passer les rafraîchissements. » Mais il semblait qu'il n'y avait aucune chance que cela arrive, aussi se mit-elle à regarder ce qui l'entourait, pour faire passer le temps.

Alice n'était encore jamais entrée dans un tribunal mais elle avait lu à leur sujet dans des livres et fut contente de constater qu'elle savait le nom de presque tout. « Voici le juge, se dit-elle, à cause de sa grande perruque. »

Le juge, soit dit en passant, c'était le Roi, et comme il portait sa couronne par-dessus la perruque, il ne semblait pas du tout à l'aise et certainement pas à son avantage.

« Voici le banc du jury[1], pensa Alice, et ces douze créatures, (elle était obligée de les nommer "créatures", voyez-vous, parce qu'il y avait des oiseaux et des petits animaux de diverses espèces), je suppose que ce sont les jureurs[2]. » Elle se répéta ce dernier mot deux ou trois fois car elle en fut assez fière. Elle pensa en effet, et à juste titre, que peu de petites filles de son âge en auraient su la signification. Le mot « jurés[3] », cependant, aurait fait tout aussi bien.

Les douze jureurs étaient en train d'écrire à toute vitesse sur leurs ardoises.

– Que font-ils ? chuchota Alice au Griffon. Ils ne peuvent pas avoir quelque chose à écrire avant que le procès ait commencé.

– Ils sont en train de noter leur nom, répondit le Griffon à voix basse. De peur de l'oublier avant la fin du procès.

– Stupides personnages ! commença à voix haute Alice, qui s'indignait[4].

Mais elle s'interrompit aussitôt car le Lapin Blanc cria : « Silence dans la salle ! » et le Roi chaussa ses lunettes et se mit à regarder attentivement l'assemblée pour savoir qui parlait.

Alice put voir, aussi bien que si elle lisait par-dessus leurs épaules, que les jureurs écrivaient *Stupides personnages !* sur leur ardoise. Elle remarqua aussi que l'un d'eux, qui ne savait pas

1. **Jury** : citoyens qui participent au jugement d'une cour d'assises.
2. **Jureurs** : personnes qui prêtent serment... ou qui disent des jurons !
3. **Jurés** : membres du jury.
4. **S'indignait** : était choquée et en colère.

comment écrire « stupides », dut demander à son voisin de le lui dire. « Leurs ardoises seront une jolie pagaille avant même que le procès soit terminé ! » pensa-t-elle.

L'un des jureurs avait un crayon qui grinçait. Alice ne put évidemment pas le supporter : elle fit le tour de la salle pour se placer derrière lui et trouva très vite l'occasion de lui prendre le crayon. Elle fit si vite que le pauvre petit jureur (c'était Bill, le Lézard[1]) ne comprit pas du tout ce qu'il était devenu. Si bien qu'après l'avoir cherché partout, il fut obligé d'écrire avec un doigt tout le reste de la journée, ce qui fut de très peu d'utilité car le doigt ne laissait aucune marque sur l'ardoise.

– Héraut[2], lisez l'accusation, dit le Roi.

Le Lapin Blanc sonna trois coups de trompette, déroula le parchemin et lut :

– La Reine de Cœur, elle fit des tartes,
Par un beau jour d'été,
Le Valet de Cœur, il vola ces tartes,
Sans aucune en laisser !

– Rendez votre verdict[3] ! dit le Roi au jury.

– Pas encore ! Pas encore ! s'empressa de dire le Lapin Blanc. Il reste beaucoup à faire avant d'en être là.

– Appelez le premier témoin, dit le Roi.

Et le Lapin Blanc donna trois coups de trompette avant d'appeler : « Premier témoin ! »

Le premier témoin était le Chapelier. Il vint à la barre une tasse de thé dans une main et une tartine beurrée dans l'autre.

1. Serviteur du Lapin Blanc (voir chapitre 4).
2. **Héraut** : personne chargée de faire les annonces.
3. **Verdict** : décision prise à la suite du procès.

– Je vous demande pardon, Votre Majesté, commença-t-il, d'avoir apporté ceci, mais je n'avais pas fini de prendre le thé quand on m'a fait chercher.

– Vous auriez dû avoir fini, dit le Roi. Quand donc avez-vous commencé ?

Le Chapelier regarda le Lièvre de Mars qui l'avait suivi dans la salle d'audience, bras dessus bras dessous avec le Loir.

– Le quatorze mars, je pense que c'était, dit-il.

– Le quinze, dit le Lièvre de Mars.

– Le seize, dit le Loir.

– Notez ceci, dit le Roi au jury.

Et les jurés écrivirent les trois dates sur leur ardoise avec empressement[1] puis les additionnèrent et convertirent le total en shillings et en pence[2].

– Ôtez[3] votre chapeau, dit le Roi au Chapelier.

– Ce n'est pas mon chapeau, dit le Chapelier.

– Volé, s'écria le Roi en se tournant vers le jury qui aussitôt prit note du fait.

– Les chapeaux, je les ai pour les vendre, dit le Chapelier afin de s'expliquer. Aucun n'est véritablement à moi. Je suis chapelier.

Là-dessus la Reine ajusta ses lunettes et commença à dévisager le Chapelier qui pâlit et se mit à gigoter.

– Faites votre déposition[4], dit le Roi, et ne soyez pas inquiet ou je vous fais exécuter sur-le-champ.

Ceci ne sembla pas du tout encourager le témoin. Il se mit à se balancer d'un pied sur l'autre en regardant la Reine, l'air mal

1. **Empressement** : précipitation.
2. **En shillings et en pence** : pièces de monnaie anglaise.
3. **Ôtez** : enlevez.
4. **Déposition** : déclaration faite devant le tribunal.

Le Roi et la Reine de Cœur sur leur trône. Illustration de Peter Newell (1902).

à l'aise, et, dans son trouble, il emporta d'un coup de dents un gros morceau de la tasse au lieu de sa tartine.

À ce moment-là, Alice éprouva une étrange sensation qui l'intrigua beaucoup jusqu'à ce qu'elle découvre ce que c'était : elle recommençait à grandir. Elle pensa d'abord se lever et quitter le tribunal mais, à la réflexion, elle résolut de rester où elle se trouvait aussi longtemps qu'il y aurait assez de place.

– Je voudrais bien que vous ne me coinciez pas autant, dit le Loir qui était assis à côté d'elle. J'ai du mal à respirer.

– Je n'y peux rien, dit Alice timidement. Je grandis.

– Vous n'avez pas le droit de grandir ici, dit le Loir.

– Ne dites pas de bêtises ! répliqua Alice avec plus d'assurance. Vous savez bien que vous grandissez aussi.

– Oui, je le fais à un rythme raisonnable, dit le Loir, pas d'une façon aussi ridicule.

Il se leva, de très mauvaise humeur, et alla s'installer de l'autre côté de la salle.

Pendant tout ce temps, la Reine n'avait pas cessé de fixer le Chapelier. Juste au moment où le Loir traversait la salle, elle dit à l'un des huissiers[1] :

– Apportez-moi la liste des chanteurs au dernier concert.

À ces mots, le malheureux Chapelier trembla si fort qu'il en perdit ses deux chaussures.

– Faites votre déposition, répéta le Roi avec colère, ou je vous fais exécuter, que vous soyez inquiet ou non.

– Je suis un pauvre homme, Votre Majesté, commença le Chapelier d'une voix tremblante, je n'avais pas commencé mon thé... il n'y a guère de cela qu'une semaine environ... mais il faudrait dire que les tartines beurrées devenaient si minces... et ne pas taire non plus que le thé brillait...

– Taire que quoi ? dit le Roi.

– Cela commença par le thé, répondit le Chapelier.

– Bien sûr, taire commence par un *T*, dit sèchement le Roi. Me prenez-vous pour un cancre ? Poursuivez !

– Je suis un pauvre homme, continua le Chapelier, et la plupart des choses brillaient par la suite, seulement le Lièvre de Mars a dit...

1. **Huissiers** : officiers qui ont plusieurs fonctions dans un tribunal.

– Je n'ai rien dit, s'empressa de l'interrompre le Lièvre de Mars.

– Mais si, dit le Chapelier.

– Je le nie, dit le Lièvre de Mars.

– Il le nie, dit le Roi. Laissez cela de côté !

– Bon, mais en tout cas, le Loir a dit, poursuivit le Chapelier en jetant des regards anxieux pour voir si lui aussi allait nier.

Mais le Loir ne nia rien car il dormait profondément.

– Après quoi, poursuivit le Chapelier, j'ai coupé quelques tartines beurrées supplémentaires...

– Mais qu'a dit le Loir ? demanda l'un des jurés.

– Ça, je ne peux pas me le rappeler, dit le Chapelier.

– Il faut absolument vous en souvenir, dit le Roi. Sinon je vous ferai exécuter.

Le malheureux Chapelier laissa tomber sa tasse et sa tartine et se jeta à genoux.

– Je suis un pauvre homme, Votre Majesté... commença-t-il.

– Vous êtes surtout un très pauvre orateur[1], dit le Roi.

À ce moment-là, un des Cochons d'Inde applaudit et fut aussitôt étouffé par les huissiers. (Comme c'est un mot assez dur, je vais juste vous expliquer comment cela se fit. Ils avaient un grand sac de toile qui se fermait avec des cordons ; ils y firent glisser le Cochon d'Inde, tête première, et puis s'assirent dessus.)

« Je suis contente d'avoir vu ça, songea Alice. J'avais souvent lu dans les journaux, à la fin des procès : "Il y eut un début d'applaudissements qui fut tout de suite vite étouffé par les huissiers ●", mais je n'avais pas compris ce que cela voulait dire jusqu'à présent. »

1. **Orateur** : personne qui prononce un discours en public.

● **Alice emploie l'expression dans son sens figuré* : les huissiers demandent au public de se taire alors que les Cochons d'Inde sont « étouffés » au sens propre.**

– Si c'est là tout ce que vous savez, dit le Roi, vous pouvez descendre.

– Je ne peux pas aller plus bas, dit le Chapelier. Je suis déjà au ras du sol.

– Alors vous pouvez vous asseoir, dit le Roi.

À ce moment-là, l'autre Cochon d'Inde applaudit et fut étouffé.

« Bon, c'est fini avec les Cochons d'Inde, pensa Alice. À présent tout va mieux aller. »

– J'aimerais mieux terminer mon thé, dit le Chapelier en jetant un regard inquiet à la Reine qui était en train de parcourir la liste des chanteurs.

– Vous pouvez vous en aller, dit le Roi.

Le Chapelier quitta la salle d'audience précipitamment, sans même prendre le temps de remettre ses chaussures.

– Et coupez-lui la tête dehors, dit la Reine à l'un des huissiers.

Mais le Chapelier avait disparu avant que l'huissier ait atteint la porte.

– Appelez le témoin suivant ! dit le Roi.

Le témoin suivant était la cuisinière de la Duchesse. Elle avait sa poivrière à la main et Alice devina qui c'était, avant même qu'elle ait fait son entrée dans la salle d'audience, à la façon dont les gens placés près de l'entrée se mirent à éternuer tous à la fois.

– Faites votre déposition, dit le Roi.

– Non pas, dit la cuisinière.

Le Roi se tourna avec inquiétude vers le Lapin Blanc qui lui dit à voix basse : « Votre Majesté doit faire subir un contre-interrogatoire[1] à ce témoin-ci. »

– Si je dois, je dois ! dit le Roi d'un ton attristé.

1. **Contre-interrogatoire** : interrogatoire du témoin par la partie adverse.

Après avoir croisé les bras, il fixa la cuisinière en fronçant les sourcils au point qu'on ne voyait presque plus ses yeux, puis dit d'une voix grave :

– De quoi les tartes sont-elles faites ?

– De poivre principalement, dit la cuisinière.

– De mélasse[1], dit une voix ensommeillée derrière elle.

– Attrapez ce Loir ! glapit[2] la Reine. Coupez la tête de ce Loir ! Expulsez ce Loir du tribunal ! Étouffez-le ! Pincez-le ! Arrachez-lui la moustache !

Pendant un moment, la confusion[3] régna dans la salle du fait de l'expulsion du Loir et, le temps que l'ordre revienne, la cuisinière avait disparu.

– Tant pis ! dit le Roi, l'air profondément soulagé. Appelez le témoin suivant !

Et il ajouta à voix basse à l'intention de la Reine :

– Réellement, ma chère, vous devez mener le contre-interrogatoire du témoin suivant. Cela me donne mal au front !

Alice regarda le Lapin Blanc qui compulsait[4] maladroitement sa liste, très curieuse de savoir à quoi ressemblerait le prochain témoin, « car ils n'ont pas réuni beaucoup de preuves » se dit-elle.

Imaginez sa surprise quand le Lapin Blanc lut, de sa petite voix pointue, ce nom :

– Alice !

1. **Mélasse** : sirop épais provenant de la fabrication du sucre.
2. **Glapit** : cria d'une voix aiguë.
3. **Confusion** : désordre.
4. **Compulsait** : consultait.

12

La déposition[1] d'Alice

« Présente ! » cria Alice qui, dans l'émotion du moment, oublia combien elle avait grandi au cours des dernières minutes et se leva si brusquement qu'elle renversa le banc du jury du revers de sa robe en expédiant les jurés sur la tête des spectateurs qui se tenaient en contrebas[2]. Là, les jurés se mirent à frétiller[3] en tous sens, rappelant beaucoup à Alice un bocal à poissons rouges qu'elle avait renversé par accident la semaine précédente.

– Oh ! je vous demande bien pardon, dit-elle d'un ton consterné[4].

Et elle se mit à les ramasser aussi vite que possible car l'accident des poissons rouges lui trottait dans la tête et elle avait la vague impression qu'il lui fallait les ramasser tout de suite et les remettre dans le banc du jury sinon ils mourraient.

– Le procès ne peut pas continuer, dit le Roi d'un ton grave, tant que les jurés ne seront pas de nouveau en place, tous !

1. **Déposition** : déclaration faite devant le tribunal.
2. **En contrebas** : à un niveau inférieur.
3. **Frétiller** : remuer.
4. **Consterné** : désolé.

Il prononça le second « tous » avec beaucoup d'emphase[1] et en regardant Alice d'un air sévère.

Alice regarda le banc du jury et constata que dans sa hâte elle avait reposé le Lézard la tête en bas. La pauvre petite bête agitait la queue d'une façon désespérée, se trouvant bien incapable de bouger. Elle le prit et le remit dans le bon sens tout en se disant : « Non pas que ça signifie grand-chose. Je pense qu'il est aussi utile au procès dans un sens que dans l'autre. »

Dès qu'ils furent un peu remis du choc de s'être retrouvés la tête en bas et qu'ils eurent repris les ardoises et les crayons qu'on avait ramassés pour eux, les jurés se mirent avec beaucoup de zèle[2] à écrire le compte rendu de l'incident, sauf le Lézard qui sembla être beaucoup trop bouleversé pour faire autre chose que de rester assis la bouche ouverte en fixant le plafond de la salle.

– Que savez-vous de cette affaire ? demanda le Roi à Alice.

– Rien, dit Alice.

– Vraiment rien du tout ? insista le Roi.

– Vraiment rien du tout ! dit Alice.

– C'est très intéressant, dit le Roi en se tournant vers le jury.

Ils commençaient juste à le noter sur leurs ardoises quand le Lapin Blanc objecta[3] :

– Inintéressant, veut dire Votre Majesté, bien sûr !

Il parla sur un ton très respectueux, mais en même temps fronça les sourcils et fit au Roi des grimaces sévères.

– Inintéressant, je voulais dire, bien sûr ! s'empressa[4] de corriger le Roi.

1. **Emphase** : insistance.
2. **Zèle** : application, empressement.
3. **Objecta** : formula une opposition.
4. **S'empressa** : se dépêcha.

Mais il continua de murmurer pour lui tout seul : « intéressant... inintéressant... inintéressant... intéressant... » comme s'il essayait de déterminer lequel des deux mots sonnait le mieux.

Certains des jurés écrivirent *intéressant* et d'autres, *inintéressant.* Alice put le remarquer car elle était assez près pour lire leurs ardoises. « Mais ça n'a aucune importance ! » songea-t-elle.

À ce moment-là, le Roi, qui avait passé un bon moment à écrire activement dans son carnet de notes, caqueta[1] : « Silence ! » avant de lire d'une voix forte :

– Règle quarante-deux : « Toute personne mesurant plus d'un kilomètre et demi de haut doit quitter le tribunal. »

Tout le monde regarda Alice.

– Je ne mesure pas un kilomètre et demi, dit Alice.

– Si fait[2], dit le Roi.

– En fait, presque trois, ajouta la Reine.

– Je ne partirai pas, à aucun prix, dit Alice. De plus, ce n'est pas une vraie règle, vous venez juste de l'inventer.

– C'est la règle la plus ancienne du code, dit le Roi.

– Dans ce cas, elle devrait avoir le numéro un, dit Alice.

Le Roi devint pâle et ferma son carnet à la hâte.

– Rendez votre verdict, dit-il tout bas aux jurés d'une voix tremblante.

– Il y a d'autres preuves à examiner, s'il plaît à Votre Majesté, dit le Lapin Blanc en se levant d'un bond. On vient juste de ramasser ce papier.

– Qu'y a-t-il d'écrit dessus ? demanda la Reine.

– Je ne l'ai pas encore déplié, dit le Lapin Blanc, mais il semble qu'il s'agisse d'une lettre écrite par le prisonnier à... à quelqu'un.

1. **Caqueta** : cria comme une poule.
2. **Si fait** : si, c'est sûr.

– Ce doit être ça, dit le Roi. Sauf si elle a été écrite à personne, ce qui est inhabituel, vous savez.

– À qui est-elle adressée ? demanda l'un des jurés.

– Elle n'est pas adressée du tout, dit le Lapin Blanc. En fait, il n'y a rien d'écrit à l'extérieur.

Tout en parlant, il déplia le papier et ajouta :

– Ce n'est pas une lettre, finalement, ce sont des vers[1].

– Sont-ils écrits de la main du prisonnier ? demanda un autre des jurés.

– Non, ce n'est pas le cas, dit le Lapin Blanc. Et c'est ce qu'il y a de plus étrange dans l'affaire.

(Les jurés montrèrent tous une extrême perplexité[2].)

– Il aura imité l'écriture de quelqu'un d'autre, dit le Roi.

(Les visages des jurés s'illuminèrent[3] à nouveau.)

– Plaise à Votre Majesté, dit le Valet, je ne l'ai pas écrit, et on ne peut pas prouver que je l'aie fait car il n'est signé d'aucun nom.

– Que vous ne l'ayez pas signé, dit le Roi, ne fait qu'aggraver votre situation. Vous deviez avoir quelque méfait[4] en tête sinon vous l'auriez signé comme tout homme honnête.

À ces mots, il y eut des applaudissements unanimes[5] : c'était la première chose vraiment intelligente que disait le Roi ce jour-là.

– Voilà qui prouve sa culpabilité, dit la Reine.

– Ça ne prouve rien de tel, dit Alice. Enfin, vous ne savez même pas de qui parlent ces vers !

– Lisez-les, dit le Roi.

Le Lapin Blanc mit ses lunettes et demanda :

1. **Ce sont des vers** : c'est un poème.
2. **Perplexité** : incompréhension.
3. **S'illuminèrent** : s'éclairèrent, car les jurés ont compris.
4. **Méfait** : mauvaise action.
5. **Unanimes** : de la part de tout le monde.

– Où dois-je commencer, s'il vous plaît, Votre Majesté ?

– Commencez au commencement, dit le Roi gravement. Puis continuez jusqu'à parvenir à la fin, puis arrêtez-vous.

Voici les vers● que lut le Lapin Blanc :

Ils me dirent que vous aviez été la voir
Et m'aviez mentionné[1] *à lui.*
Elle admit[2] *que j'avais excellent caractère*
Mais que je ne sais pas nager.

Puis il leur écrivit que j'étais toujours là,
Nous savons que c'est véridique.
Mais si elle poussait plus avant[3] *cette affaire,*
Qu'adviendrait-il alors de vous[4] *?*

Une je lui donnai, deux ils lui en remirent ;
À eux, vous fîtes don[5] *de trois.*
Mais de lui jusqu'à vous, elles revinrent toutes,
Bien qu'avant elles m'appartinssent[6]*.*

Si elle ou moi, jamais, courrions le risque d'être
Mêlés à toute cette affaire,
Il compte bien sur vous, pour être libéré
Comme exactement nous le fûmes.

1. **Mentionné** : désigné, nommé.
2. **Admit** : reconnut.
3. **Poussait plus avant** : analysait en profondeur.
4. **Qu'adviendrait-il alors de vous** : que deviendriez-vous alors ?
5. **Fîtes don** : avez donné.
6. **Appartinssent** (le verbe est à l'imparfait du subjonctif) : qu'elles m'aient appartenu.

● **La dernière parodie* est celle d'un poème de William Mee, « Alice Gray », histoire d'un homme qui aime sans espoir une jeune fille nommée... Alice !**

Mon impression était que vous avez été,
Avant qu'elle pique sa crise,
Un obstacle imprévu qui s'est dressé soudain
Entre lui et nous et ceci.

Laissez-le ignorer qu'elle les aima mieux :
Cela doit pour toujours rester
Un secret, des autres gardé, et partagé
Seulement entre vous et moi.

– C'est la preuve la plus importante que nous ayons entendue jusqu'à présent, dit le Roi en se frottant les mains. Et maintenant, que le jury...

– Si l'un d'eux peut m'expliquer ça, dit Alice (elle avait tellement grandi au cours des dernières minutes qu'elle n'eut pas du tout peur de l'interrompre), je lui donne six pence[1]. Pour ma part, je ne crois pas qu'il y ait un atome de sens[2] là-dedans.

Les jurés écrivirent sur leurs ardoises : *Elle ne croit pas qu'il y a un atome de sens là-dedans.* Mais aucun n'essaya d'expliquer le poème.

– S'il n'y a pas de sens, dit le Roi, cela nous épargne une quantité de tracas[3], voyez-vous, car nous n'avons pas besoin d'essayer d'en trouver un. Et cependant, je me demande... poursuivit-il en dépliant le texte sur ses genoux et en le parcourant du coin de l'œil. J'ai l'impression d'y trouver un peu de sens, après tout, « Mais que je ne sais pas nager »... Vous ne savez pas nager, n'est-ce pas ? dit-il en se tournant vers le Valet.

1. **Pence** : monnaie anglaise.
2. **Je ne crois pas qu'il y ait un atome de sens** : cela n'a absolument aucun sens.
3. **Tracas** : souci.

Le Valet secoua la tête tristement.

– Est-ce que j'en ai l'air ? dit-il.

(Ce qui n'était certes pas le cas vu qu'il était entièrement fait de carton[1].)

– Tout va bien jusqu'ici, dit le Roi.

Et il continua de murmurer les vers pour lui-même :

– « Nous savons que c'est véridique », c'est le jury, bien sûr... « Mais si elle poussait plus avant cette affaire », ce doit être la Reine... « Qu'adviendrait-il alors de vous ? », en effet, quoi ?... « Une je lui donnai, deux ils lui en remirent », eh bien ! ce doit être ce qu'il a fait des tartes, vous savez.

– Seulement après, il y a : « Mais de lui jusqu'à vous elles revinrent toutes », dit Alice.

– Eh bien, elles sont ici ! dit le Roi triomphalement en montrant les tartes sur la table. Rien ne saurait être plus clair que cela. Et puis ensuite : « Avant qu'elle pique sa crise »... Vous n'avez jamais piqué de crise, ma chère, je pense ? dit-il en s'adressant à la Reine.

– Jamais ! dit la Reine avec fureur.

En disant cela, elle lança un encrier au Lézard. (Le malheureux Bill avait cessé d'écrire sur l'ardoise avec un doigt car il avait découvert que ça ne marquait pas ; il s'y remit à la hâte, en se servant de l'encre qui lui dégoulinait sur le visage, et le fit aussi longtemps qu'elle continua de couler.)

– Alors, « crise » vous fait tiquer[2], dit le Roi qui regarda l'assemblée à la ronde en souriant.

Il régnait un silence de mort.

– C'est un jeu de mots, ajouta le Roi d'un ton fâché.

1. **Carton** : le valet appartient à un jeu de cartes.
2. **Tiquer** : réagir.

Et tout le monde rit.

– Que le jury rende son verdict ! dit le Roi pour, environ, la vingtième fois de la journée.

– Non, non ! dit la Reine. La sentence[1] d'abord. Le verdict après.

– Quelle idiotie ! dit Alice à voix haute. A-t-on idée de vouloir prononcer la sentence avant la délibération[2] du jury ?

– Tenez votre langue ! dit la Reine, violette de colère.

– Certes non ! dit Alice.

– Qu'on lui coupe la tête ! hurla la Reine aussi fort qu'elle put.

Personne ne bougea.

– Qui se soucie de vous ? dit Alice. (Elle avait complètement retrouvé sa taille normale.) Vous n'êtes rien d'autre qu'un jeu de cartes.

À ces mots, le jeu de cartes tout entier s'envola et vint, en virevoltant[3], retomber sur Alice. Elle poussa un petit cri, moitié de peur et moitié de colère, et tenta de les repousser. Elle se rendit compte qu'elle était allongée sur le talus[4], la tête sur les genoux de sa sœur qui, doucement, ôtait[5] quelques feuilles sèches qui étaient tombées sur son visage depuis les arbres voisins.

– Réveille-toi, Alice chérie, dit sa sœur. Eh bien ! quel long sommeil tu viens de faire !

– J'ai fait un rêve si étrange, dit Alice.

Et elle raconta à sa sœur, du mieux qu'elle parvint à s'en souvenir, toutes les étranges aventures que vous venez de lire. Quand elle eut fini, sa sœur l'embrassa et lui dit :

1. **Sentence** : sanction.
2. **Délibération** : décision prise après discussion et réflexion.
3. **Virevoltant** : tournant dans tous les sens.
4. **Talus** : terrain en pente.
5. **Ôtait** : enlevait.

Alice et le jeu de cartes.
Illustration d'Arthur Rackham (1907).

– C'était un curieux rêve, ma chérie, vraiment. Mais à présent rentre vite prendre le thé, il se fait tard.

Alice se leva donc et s'en fut en courant, et, tout en galopant de toutes ses forces, songeait quel rêve merveilleux c'était.

Mais sa sœur demeura assise telle qu'elle l'avait laissée, la tête appuyée sur une main, à observer le soleil couchant et à penser à Alice et à toutes ses merveilleuses aventures jusqu'à ce que, à son tour, elle se mette à rêver à sa façon. Voici quel fut son rêve :

D'abord elle imagina la petite Alice elle-même. À nouveau les petites mains étaient jointes[1] sur ses genoux et les yeux vifs et brillants fixaient les siens... elle pouvait entendre les intonations[2] mêmes de sa voix et voir ce curieux petit mouvement de tête qu'elle avait pour rejeter en arrière les cheveux vagabonds qui voulaient toujours lui entrer dans les yeux... Et tandis qu'elle écoutait, ou semblait écouter, partout à l'entour[3], s'animèrent les créatures étranges du rêve de sa petite sœur.

L'herbe haute, à ses pieds, bruissa[4] tandis que le Lapin Blanc se dépêchait... la Souris effrayée traversa la mare voisine au milieu des éclaboussures... elle entendit le cliquetis des tasses à thé tandis que le Lièvre de Mars et ses amis prenaient un repas qui n'en finissait pas, et la voix perçante de la Reine, ordonnant l'exécution de ses malheureux hôtes[5]... à nouveau, le bébé-cochon éternuait sur les genoux de la Duchesse, pendant que les plats et les assiettes s'écrasaient autour d'eux... à nouveau le cri perçant du Griffon, le grincement du crayon sur l'ardoise du Lézard, la

1. **Étaient jointes** : entouraient.
2. **Intonations** : tons que l'on prend quand on parle.
3. **À l'entour** : tout autour.
4. **Bruissa** : fit du bruit en bougeant.
5. **Hôtes** : invités.

suffocation[1] des Cochons d'Inde étouffés emplirent[2] l'air, mêlés aux sanglots lointains de l'inconsolable Tortue Fantaisie.

Ainsi demeura-t-elle assise, les yeux fermés, se croyant presque au Pays des Merveilles elle aussi, quoiqu'elle sût qu'elle n'avait qu'à les ouvrir pour que tout revienne à la morne[3] réalité. L'herbe, alors, ne frémirait[4] plus qu'à cause du vent, et la mare ne bruirait que du mouvement des roseaux… les tasses cliquetantes se changeraient en clochettes à brebis, et les hurlements de la Reine ne seraient plus rien que les appels du petit berger… les éternuements du bébé, les cris perçants du Griffon et tous les autres bruits étranges deviendraient, elle le savait bien, cette clameur confuse[5] née de l'agitation de la ferme… tandis que le mugissement[6] des bœufs dans le lointain prendrait la place des sanglots longs de la Tortue Fantaisie.

Enfin, elle se représenta comment sa même petite sœur serait, plus tard, une femme à son tour ; comment elle conserverait dans son âge mûr[7] le cœur aimant et simple de son enfance ; comment elle réunirait les autres petits enfants autour d'elle et ferait briller leurs yeux en leur racontant beaucoup d'étranges histoires, peut-être même avec son rêve du Pays des Merveilles. Et comment elle partagerait leurs chagrins innocents et prendrait plaisir, aussi, à leurs joies innocentes, en se souvenant de sa propre enfance et des jours d'été heureux.

1. **Suffocation** : bruit de quelqu'un qui étouffe.
2. **Emplirent** : remplirent.
3. **Morne** : ennuyeuse, monotone.
4. **Frémirait** : bougerait.
5. **Clameur confuse** : bruit lointain dont on ne peut distinguer les différents sons.
6. **Mugissement** : cri des bœufs, beuglement.
7. **Âge mûr** : âge adulte.

Alice au pays des merveilles

Un récit merveilleux d'humour anglais

REPÈRES

Qu'est-ce qu'un conte merveilleux ? **146**
Qu'appelle-t-on le *nonsense* ? **148**

PARCOURS DE L'ŒUVRE

Étape 1 : Reconnaître un conte merveilleux **150**
Étape 2 : Analyser le bestiaire extraordinaire du récit **152**
Étape 3 : Comprendre l'organisation du récit **154**
Étape 4 : Étudier un thème essentiel : le langage. **156**
Étape 5 : Étudier le dénouement **158**
Étape 6 : Observer l'évolution de l'héroïne. **160**
Étape 7 : Déterminer la visée du récit **162**

TEXTES ET IMAGE

Rétrécir pour mieux grandir : groupement de documents. **164**

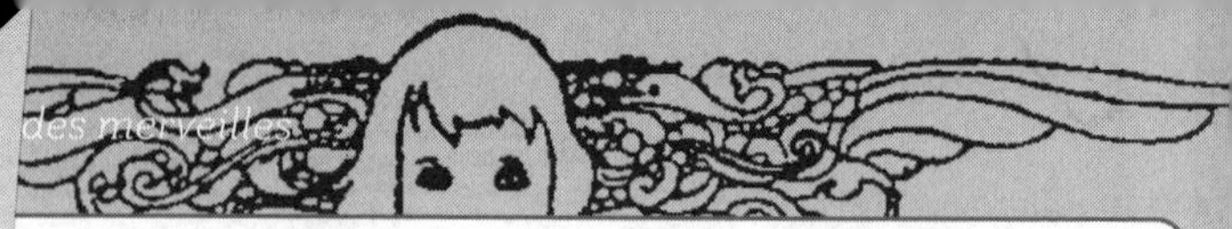

-ce qu'un conte merveilleux ?

Issu des mythes et des légendes, le conte se transmet d'abord à l'oral au cours de veillées. C'est avec Charles Perrault, au xviie siècle, que le conte merveilleux devient un genre littéraire dont la renommée s'étend jusqu'à nos jours.

● LA DÉFINITION DU CONTE

Le conte est un court récit que l'on reconnaît généralement à la formule d'ouverture « Il était une fois ». Mais qu'il commence ainsi ou non (comme *Alice*), certains signes du conte ne trompent pas : il se passe à une époque indéterminée, dans un lieu que l'on ne peut situer géographiquement.

● LES ÉTAPES D'UN CONTE

Le conte comporte plusieurs étapes que l'on appelle schéma narratif : le début du récit présente le cadre de l'histoire et les personnages (situation initiale). Un événement bouleverse cette situation de départ (élément modificateur), puis le héros traverse des épreuves au cours des péripéties jusqu'au dénouement* (élément de résolution et situation finale).

Les classiques du conte merveilleux

Charles Perrault, Histoires ou contes du temps passé ou Contes de ma mère l'Oye, *1697.*

Marie-Catherine d'Aulnoy, Contes des Fées, *1697, et* Contes nouveaux ou Les Fées à la mode, *1698.*

Jeanne-Marie Leprince de Beaumont, La Belle et la Bête, *1757.*

Jacob et Wilhelm Grimm, Contes de l'enfance et du foyer, *1812.*

Hans Christian Andersen, Contes et Nouveaux Contes *(milieu du xixe siècle).*

Les Mille et Une Nuits *(xe siècle).*

● LES PERSONNAGES DU CONTE MERVEILLEUX

Dans un conte merveilleux, tout ce qui est extraordinaire ou surnaturel est normal. Ainsi, on ne s'étonne pas de rencontrer des créatures magiques (fées, ogres), des animaux qui parlent (le bestiaire* fabuleux* du pays des merveilles). On retrouve aussi des personnages traditionnels comme la belle princesse, la marâtre ou le prince charmant.
Les personnages du conte ont une fonction déterminée appelée schéma des rôles. On y trouve le héros (Alice), ses alliés (le Chat de Chester) et ses opposants (la Reine de Cœur).

● LES PÉRIPÉTIES DU CONTE MERVEILLEUX

Elles constituent le sel du récit. Le héros vit des aventures au cours desquelles il va grandir moralement. La magie étant de mise, les péripéties peuvent être l'acquisition d'objets magiques (la clé d'or), des métamorphoses (Alice grandit et rétrécit) ou encore la rencontre ou l'affrontement d'êtres extraordinaires (la Tortue Fantaisie, la Reine de Cœur).

● LA SIGNIFICATION D'UN CONTE MERVEILLEUX

Destiné à divertir les enfants, le conte sert aussi de leçon. Au fur et à mesure des aventures du héros, le jeune lecteur peut s'identifier à lui et comprendre la morale implicite* du récit. Le conte est donc un récit d'apprentissage, tant pour le héros que pour le lecteur.

Comme Alice Liddell, la fillette qui a inspiré Lewis Carroll.

Le conte explicatif

Parfois le conte ne donne pas de leçon mais explique l'origine d'un phénomène naturel. C'est souvent le cas de contes issus d'Afrique ou d'Amérique du Sud.

Qu'appelle-t-on le *nonsense* ?

Le nonsense, mot d'origine anglaise, est employé plusieurs fois pour qualifier l'œuvre de Lewis Carroll. Si la traduction française immédiate qui vient à l'esprit est le « non-sens », il ne faut pas s'y limiter pour comprendre toute l'étendue de la signification de ce mot.

Le livre du *nonsense*

En 1846, l'Anglais Edward Lear publie A Book of Nonsense, *un livre qui popularise le* limerick, *un poème de cinq vers présentant une situation farfelue (un vieillard mange des araignées par exemple). Lewis Carroll s'intéresse à cet ouvrage qui l'influence.*

● LE *NONSENSE*, LA FANTAISIE DANS LE MONDE RÉEL

« Quand je lisais des contes de fées, je pensais que ce genre d'aventure n'arrivait jamais » dit Alice (p. 47), expliquant ainsi les bizarreries qu'elle rencontre. En créant un univers merveilleux sans lien avec le monde réel, Lewis Carroll nous plonge dans le *nonsense* : le temps peut s'arrêter comme l'heure du thé, les aventures d'Alice se suivent sans aucune logique.

L'univers onirique* d'Alice

À la fin du récit, on découvre qu'Alice a rêvé. Lewis Carroll donne ainsi une explication aux étrangetés vécues par l'héroïne. Néanmoins, cela ne remet pas en cause le pays des merveilles, puisque le rêve permet toutes les libertés : les conversations bizarres avec les animaux, les leçons que l'on ne sait plus, le saut brutal du terrain de croquet au rocher de la Tortue Fantaisie.

● LE RÔLE DU *NONSENSE*

L'une des fonctions du langage est de communiquer. Le *nonsense* délaisse cette fonction : le langage se suffit à lui-même. Il permet de réfléchir sur le sens des mots : ainsi Alice ne sait plus qui elle est quand la Chenille l'interroge ; les expressions qui ont un sens figuré* prennent un sens propre* avec l'apparition du Chat de Chester, du Chapelier fou ou du Lièvre de Mars, qui viennent d'expressions anglaises connues (voir p. 68 et 75).

Qui peut lire *Alice au pays des merveilles* ?

L'humour subtil du nonsense *laisse perplexe : à qui est destiné* Alice *? Lewis Carroll l'invente pour Alice Liddell. Avec les illustrations de John Tenniel, le récit est d'abord dédié aux jeunes lecteurs. Mais les jeux de mots, allusions et parodies* invitent à une relecture, ce qui explique que le livre intéresse et séduit aussi les adultes.*

● DE L'INQUIÉTANTE ÉTRANGETÉ À L'HUMOUR ANGLAIS

Le *nonsense* déstabilise. Alice – tout comme le lecteur – est inquiète face aux situations extravagantes et aux paroles sans queue ni tête de ses interlocuteurs*. Mais, cette étape passée, le lecteur peut savourer le *nonsense* pour ce qu'il est : une forme d'humour gratuit et plaisant, avec des jeux de mots comme le calembour*, les syllogismes*, les devinettes et les parodies*.

Le *nonsense* établit alors une connivence entre le lecteur et l'auteur qui se moque aussi bien de la logique que des règles enseignées dans les comptines de son époque.

Ainsi, la force du *nonsense* réside dans l'univers fantaisiste et plein de fraîcheur qu'il crée, libéré du sens et de la morale.

Alice Liddell photographiée par Lewis Carroll en 1958.

Étape 1 • Reconnaître un conte merveilleux

SUPPORT • Chapitre 1 et repère 1 (p. 146)

OBJECTIF • Relever et identifier les caractéristiques du conte merveilleux : le cadre spatiotemporel, les personnages et les premières péripéties.

As-tu bien lu ?

1 Où se trouve Alice au début du récit ? Pourquoi s'ennuie-t-elle ?

2 Alice tombe dans :
- ☐ un trou
- ☐ une mare
- ☐ un puits

3 Corrige chacune de ces remarques.
- – Le Lapin est vert, il porte un manteau bleu.
- – La pièce dans laquelle se trouve Alice a deux portes.
- – La petite table à quatre pieds est en porcelaine.
- – La deuxième fois, Alice trouve une longue-vue sur la table.
- – Alice mange le gâteau et rétrécit.

4 Raconte avec précision ce qui se trouve derrière la petite porte.

Le cadre spatiotemporel

5 Sait-on précisément : à quelle époque se passe le récit ? à quel moment de la journée il commence ?

6 **a)** Classe les lieux suivants selon qu'ils appartiennent à l'univers réel ou à l'univers imaginaire :
le couloir – le terrier – le joli jardin – le talus – la salle longue et basse – le puits

b) Dans quel univers Alice se rend-elle ?

Les personnages d'un conte

7 Quelles particularités du lapin en font un personnage de conte ?

8 Complète le tableau de la page suivante sur l'héroïne.

Questions	Réponses	Mots ou expressions qui le prouvent
Prénom		
Âge approximatif		
Principaux traits de caractère (cites-en trois)		

Les indices du merveilleux

9 Quels objets sont utiles à Alice ? Sont-ils magiques ? Pourquoi ?

10 **a)** Quelles épreuves Alice rencontre-t-elle ?

b) Quels adjectifs qualifient le mieux ces épreuves ?
banales – étranges – ordinaires – inattendues – faciles – extraordinaires

11 **a)** Quels sentiments Alice ressent-elle ? Justifie ta réponse à l'aide du texte.

b) Ses aventures sont-elles éprouvantes pour Alice ? Pourquoi ?

La langue et le style

12 Coche les bonnes réponses et justifie tes choix par une explication.
☐ Le narrateur* est un personnage.
☐ Le narrateur fait des commentaires sur Alice.
☐ Le narrateur n'intervient pas.
☐ Le narrateur s'adresse au lecteur.

Faire le bilan

13 Pourquoi ce récit est-il qualifié de conte merveilleux ? Aide-toi des indications de temps et de lieu, des personnages et des péripéties.

À toi de jouer

14 **a)** Dans quels contes trouve-t-on comme dans *Alice au pays des merveilles* :
un héros qui est un enfant – un lieu extraordinaire – un animal qui parle – un objet magique – une métamorphose

b) Qui sont les auteurs de ces contes ?

Étape 2 • Analyser le bestiaire* extraordinaire du récit

SUPPORT • Chapitres 2 à 6 et repère 1 (p. 146)

OBJECTIF • Comprendre la notion de bestiaire, relever les points communs entre les animaux du récit et ceux d'un conte, définir leurs singularités.

As-tu bien lu ?

1 Quel type de poème la Souris récite-t-elle ?

2 **a)** Les serviteurs du Lapin Blanc se prénomment :
☐ Marie-Jeanne ☐ Marie-Anne ☐ Bill
☐ Boule ☐ Pat ☐ Jack

b) « Une brouettée fera l'affaire » (p. 52, l. 816) : de quoi s'agit-il ?

3 À quelle activité se livre la Chenille quand Alice la rencontre ?

4 Quelles sont les particularités physiques du Chat de Chester ?

La personnification* des animaux

5 **a)** Quels vêtements et accessoires ont le Lapin Blanc et les laquais ?

b) À quelle classe sociale* appartiennent-ils ? Justifie ta réponse.

6 Associe les personnages aux phrases qui conviennent.

- Bill le Lézard •
- La Chenille •
- Le Chat de Chester •
- Le Lapin Blanc •
- Le Pigeon •
- La Souris •

- • « As-tu dit cochon ou cruchon ? »
- • « Mais chuis trop tourneboulé pour raconter. »
- • « Notre famille a toujours haï les chats. »
- • « Un côté te fera grandir et l'autre côté, rapetisser. »
- • « rapportez-moi une paire de gants et un éventail. Vite ! »
- • « Serpent ! »

7 Parmi les personnages précédents, qui :
– donne des ordres à Alice ?
– réprimande Alice ?
– interroge Alice ?
– éveille l'intérêt d'Alice ?
Justifie tes réponses par des expressions prises dans le texte.

Un bestiaire qui donne le tournis

8 La course au comité est-elle amusante ? Pourquoi ?

9 Cite toutes les métamorphoses d'Alice dans ces cinq chapitres.

10 Ces affirmations sont-elle vraies ou fausses ? Entoure la bonne réponse et explique ton choix.

Le Lapin se montre bienveillant envers Alice.	Vrai	Faux
La mère Canari accepte que ses enfants jouent avec Alice.	Vrai	Faux
La Chenille contredit sans cesse Alice.	Vrai	Faux
Le Pigeon apprécie Alice.	Vrai	Faux

11 Les animaux constituent-ils des alliés pour Alice ? Pourquoi ?

La langue et le style

12 **a)** Dans le chapitre 3, un animal confond le sens propre et le sens figuré* d'un mot. Qui est cet animal ? Sur la signification de quel mot se trompe-t-il ?

b) Indique le sens propre et le sens figuré des mots suivants : *dur*, *cœur*.

Faire le bilan

13 Réécris le début de chacune de ces phrases et complète-les.

Les animaux du récit sont personnifiés* car ....

....

Leur mode de vie est semblable à celui des hommes. En effet, ...

....

Cependant, contrairement aux contes, ils ne constituent pas des alliés pour Alice car ....

....

À toi de jouer

14 *Le Chat botté – Le Vilain Petit Canard – L'Oiseau bleu – Le Loup et les Sept Chevreaux*

Ces animaux viennent de contes célèbres. Recherche le nom, l'époque et la nationalité de chaque auteur. Précise le rôle de ces animaux dans les contes et justifie ta réponse.

Étape 3 • Comprendre l'organisation du récit

SUPPORT • Chapitres 1 à 10

OBJECTIF • Connaître les épisodes importants et comprendre les particularités de construction du récit.

As-tu bien lu ?

1 Remets les étapes du récit dans l'ordre.

- ☐ Alice écoute la Tortue Fantaisie.
- ☐ Alice fait une partie de croquet.
- ☐ Alice n'arrive pas à ouvrir la porte.
- ☐ Alice prend le thé chez les fous.
- ☐ Alice rentre dans le jardin merveilleux.
- ☐ Alice est coincée dans la maison du Lapin Blanc.
- ☐ Alice nage dans la mare de larmes.
- ☐ Alice parle avec la Chenille.
- ☐ Alice rencontre le Chat de Chester.
- ☐ Alice tombe dans un terrier.

Un récit qui semble désorganisé

2 Chaque étape du récit est construite ainsi : Alice rencontre un personnage avec lequel elle discute puis elle se rend dans un autre endroit. Complète le tableau suivant et place les sujets de conversation dans la bonne case.
Sujets de conversation : Contradictions – Matières fantaisistes – Devinette sans réponse – Leçon d'histoire et de morale.

Chapitre	Lieu de rencontre	Personnages rencontrés	Sujet de conversation	Lieu suivant
3				
5				
7				
9				

3 L'ordre des étapes a-t-il une réelle importance ? Pourquoi ?

Un univers étrange et onirique

4 Fais la liste des personnages et distingue dans un tableau les animaux personnifiés, les créatures hybrides* et les personnages dont le nom a un sens.

5 **a)** Les péripéties ont été mélangées ! Corrige les expressions ci-dessous en associant l'infinitif au complément qui convient.
Faire une partie de croquet *dans une mare de larmes.*
Tomber *avec des hérissons en guise de boules.*
Grandir *avec des fous.*
Nager *grâce au contenu d'une fiole.*
Prendre le thé *sur le dos d'un griffon.*
Voler *dans un puits profond.*
b) Ces péripéties t'évoquent-elles un rêve ou un cauchemar ? Pourquoi ?

La langue et le style

6 **a)** Retrouve les mots qui ont disparu dans les expressions ci-dessous.

- « des événements .... » (p. 23)
- « tout est .... aujourd'hui » (p. 29)
- « vous trouverez cela un peu .... » (p. 56)
- « voir des faits .... » (p. 76)
- « Voilà qui est .... » (p. 89)
- « les mots qui lui vinrent furent très .... » (p. 120)

b) Quel champ lexical domine ?

Faire le bilan

7 Complète le bilan à l'aide des mots suivants : aventures – construites – déroulement – échapper – héroïne – merveilles – ordre – personnages – rêve – taille – un – véritable.
Les péripéties du pays des .... sont toutes .... de la même façon : Alice change de .... et rencontre .... ou plusieurs .... extraordinaires. Cependant, il n'y a pas de .... progression car les .... d'Alice sont inventées au fur et à mesure et pourraient être placées dans un autre .... En effet, elles correspondent au .... d'un .... auquel l'...................... essaie d'...................... sans jamais y parvenir.

À toi de jouer

8 Le nom du Lièvre de Mars lui vient de l'expression anglaise « fou comme un lièvre de Mars » (voir p. 75). Quelles expressions françaises construites de la même façon connais-tu ?

Étape 4 • Étudier un thème essentiel : le langage

SUPPORT • Chapitre 5 ; chapitres 6, 7 et 9 ; repère 2 (p. 148)

OBJECTIF • Comprendre le fonctionnement du langage à travers un dialogue précis ; repérer les jeux de mots qui participent de l'humour anglais et définir le rôle du langage dans l'ensemble du récit.

As-tu bien lu ?

1 Selon le Chat de Chester, toutes les directions mènent :
☐ chez la Reine de Cœur ☐ chez les fous ☐ à Rome

2 Pourquoi le Chapelier et le Lièvre de Mars ne font-ils pas la vaisselle ?
☐ C'est toujours l'heure du thé, ils n'ont plus le temps de la faire.
☐ La vaisselle est trop sale, ils ne peuvent plus la nettoyer.
☐ La vaisselle est cassée, elle est inutilisable.

3 La matière supplémentaire de l'école de la Tortue Fantaisie est :
☐ Blanchissage ☐ Repassage ☐ Nettoyage

Des mots sans queue ni tête (chapitre 5)

4 **a)** Quel type de phrases la Chenille emploie-t-elle le plus ?
b) Que demande-t-elle à Alice à deux reprises ?

5 Relève deux affirmations d'Alice que la Chenille contredit (p. 56).

6 « Garde ton calme ! dit la Chenille » (p. 56).
a) Quels sentiments Alice éprouve-t-elle au cours de ce dialogue ?
b) Selon toi, est-ce justifié ? Pourquoi ?

7 **a)** Le langage permet-il de communiquer dans ce chapitre ? Pourquoi ?
b) Indique un autre dialogue du récit qui fonctionne de la même façon.

L'humour anglais (chapitres 6, 7 et 9)

8 Comment Lewis Carroll se moque-t-il du poème moralisateur de Robert Southey (p. 57 à 59) ?

9 Complète le tableau de la page suivante.
Liste des procédés utilisés : anagramme*, homonymes*, néologisme*, paronymes*.

Jeux de mots	Procédés utilisés	Autre exemple identique
« As-tu dit cochon ou cruchon » (p.76)		p. 110 :
« Lacie » (p. 86)		
« juger les gens sur la mine » (p. 104)		p. 113 :
« Horriblification » (p. 111)		p. 112 :

10 **a)** Complète le syllogisme* du Chat de Chester.

Proposition n° 1	Proposition n° 2	Conclusion
Un chien n'est pas fou. (p. 75)	Un chien grogne quand il est fâché et remue la queue quand il est content alors que le chat	Donc le chat est ....

b) Selon toi, un syllogisme est-il toujours vrai ? Pourquoi ?

La langue et le style

11 **a)** Fais la liste des indices qui t'ont permis de repérer le dialogue.
b) Relève les verbes de parole des lignes 1467 à 1476 (p. 80-81) et réécris ce passage avec d'autres verbes de parole de sens proche.

Faire le bilan

12 En général, à quoi sert un dialogue ? Est-ce le cas ici ? Pourquoi ?

13 Coche la bonne réponse :
- ☐ Le langage sert plus à communiquer qu'à jouer avec les mots et à réfléchir à leur sens.
- ☐ Le langage sert autant à communiquer qu'à jouer avec les mots et à réfléchir à leur sens.
- ☐ Le langage sert moins à communiquer qu'à jouer avec les mots et à réfléchir à leur sens.

À toi de jouer

14 Alice raconte au Chat de Chester quelles sont ses activités préférées. Mais les mots s'emmêlent dans sa bouche. Imagine ce dialogue en inventant des néologismes.

Étape 5 • Étudier le dénouement*

SUPPORT • Chapitres 8, 11 et 12

OBJECTIF • Étudier les caractéristiques d'un dénouement* et déterminer ses particularités dans le récit de Lewis Carroll.

As-tu bien lu ?

1 Quels personnages prononcent les paroles suivantes ?
« Fais attention, le Cinq ! » : ....
« Toute personne mesurant plus d'un kilomètre et demi de haut doit quitter le tribunal. » : ....
« Réveille-toi, Alice chérie » : ....

Des péripéties qui mènent au dénouement

2 Quel objectif Alice a-t-elle réussi à atteindre ?

3 Quel est le principal trait de caractère de la Reine de Cœur ? Justifie ta réponse à l'aide de deux indices relevés dans les chapitres 8 et 12.

4 **a)** Quels personnages du récit retrouve-t-on lors du procès ? Quelle nouvelle transformation Alice subit-elle ?

b) Coche les bonnes réponses.
☐ La présence des personnages permet de réunir des protagonistes variés.
☐ La présence des personnages est due au hasard.
☐ La transformation d'Alice est due à ses rencontres.
☐ La transformation d'Alice est un ultime changement.

Un procès farfelu

5 **a)** Indique le rôle de chaque personnage lors du procès.

	• Alice
Accusé •	• Bill le Lézard
Juge •	• le Chapelier
Témoins •	• le Lapin Blanc
Héraut •	• le Roi
Juré •	• le Valet de Cœur
	• la cuisinière

b) Tous ces mots du champ lexical* de la justice sont employés dans le récit, sauf trois. Lesquels ?
Audience, code, contre-interrogatoire, culpabilité, déposition, greffier, héraut, huissiers, interrogatoire, jurés, jury, preuves, procès, règle, sanction, sentence, témoin, tribunal, verdict.

6 **a)** De quoi est accusé le Valet ? Ce procès est-il adapté ? Pourquoi ?
b) Relève d'autres absurdités au cours de ce procès concernant :
- l'attitude du Roi et des jurés
- le témoignage des témoins
- l'utilisation des preuves
- les interventions de la Reine

Le retour à la réalité

7 À la fin, Alice a-t-elle peur de la Reine ? À quoi le voit-on ?

8 Relève les mots appartenant au champ lexical du rêve (p. 140 à 143).

9 Complète le tableau suivant qui donne une explication logique aux créatures du pays des merveilles.

Univers imaginaire	Univers réel
jeu de cartes	
les tasses du Lièvre de Mars et du Chapelier	
	les appels du petit berger
	les bruits de la vie à la ferme
les sanglots longs de la Tortue Fantaisie	

Faire le bilan

10 Réponds en 4 à 5 lignes à chacune de ces questions.
– Qu'est-ce que le dénouement dans un récit ?
– Quels éléments de ce dénouement le rendent original ?

Donne ton avis

11 D'après Lewis Carroll, le pays des merveilles est né des rêves d'Alice. Cette explication te plaît-elle ou te déçoit-elle ? Pourquoi ?

Étape 6 • Observer l'évolution de l'héroïne

SUPPORT • Tout le texte

OBJECTIF • Repérer les caractéristiques morales et physiques d'Alice, observer les changements qui s'opèrent en elle ; comprendre en quoi le texte est aussi un récit d'apprentissage.

As-tu bien lu ?

1 Alice dit que Londres est la capitale :
☐ de Paris ☐ de New-york ☐ du Royaume-Uni

2 Chez le Lapin Blanc, Alice se dit : « Il devrait y avoir... sur moi. »
☐ « un film » ☐ « un livre » ☐ « un rêve »

3 Lors du procès, Alice pense de Bill le Lézard qu'il est :
☐ très utile ☐ un peu utile ☐ inutile

Les malheurs d'Alice

4 Quels adjectifs peuvent qualifier Alice dans chacune des situations suivantes ?
- Elle suit sans réfléchir le Lapin Blanc dans son terrier.
- Elle veut voir ce qu'il y a derrière la petite porte.
- Elle ne veut pas apprendre des tas de leçons.
- Elle veut boire ou manger tout ce qu'elle trouve.

5 Pour quelles raisons Alice se met-elle à pleurer (chapitres 1 et 2) ?

6 **a)** Alice vexe ou effraie la Souris (p. 30-31), les Oiseaux (p. 42-43) et le Pigeon (p. 62-63). Pourquoi ?
b) Quel trait de caractère manifeste-t-elle ici ?

7 Le pays des merveilles déstabilise Alice plusieurs fois. Trouve un exemple pour chaque situation.

Alice oublie :	Exemples
ses connaissances scolaires	
ses poésies	
sa taille	

Alice grandit

8 **a)** Quelle métamorphose subit Alice dans les situations suivantes ?
- « elle eut bientôt tout bu » (p. 21)
- « Elle se mit en devoir de finir le gâteau » (p. 23)
- « Alice ramassa l'éventail » (p. 26)
- « elle avala un des gâteaux » (p. 52)

b) Comment réagit-elle au début puis à la fin de ses métamorphoses ?

9 **a)** Quels traits de la personnalité d'Alice les phrases suivantes révèlent-elles ? Pourquoi ? Pour répondre, relis les pages indiquées.
- « Vous feriez bien de ne pas recommencer ! » (p. 52)
- « Stupides personnages ! » (p. 125)
- « Ne dites pas de bêtises ! » (p. 129)
- « De plus, ce n'est pas une vraie règle, vous venez juste de l'inventer. » (p. 135)
- « Vous n'êtes rien d'autre qu'un jeu de cartes. » (p. 140).

b) Alice a grandi moralement. Prouve-le à l'aide des questions précédentes.

La langue et le style

10 **a)** Quel type de phrases domine p. 140, des lignes 2835 à 2842 ?
b) Que révèlent ces phrases sur le caractère des personnages ?

Faire le bilan

11 Parmi ces affirmations, lesquelles sont vraies, lesquelles sont fausses ? Justifie chaque réponse.

Alice pleure tout au long du récit.	Vrai	Faux
Alice se transforme toujours à cause d'un aliment ou d'un objet.	Vrai	Faux
Alice grandit à la fois physiquement et moralement.	Vrai	Faux
L'histoire de Lewis Carroll est un récit d'apprentissage.	Vrai	Faux

À toi de jouer

12 « À ces mots, le jeu de cartes tout entier s'envola et vint, en virevoltant, retomber sur Alice. » (p. 140)
Recopie cette phrase et imagine la suite en racontant ce qui arrive à Alice.

Étape 7 • Déterminer la visée du récit

SUPPORT • Tout le texte et repères 1 et 2 (p. 146 à 149)

OBJECTIF • Expliquer en quoi le texte de Lewis Carroll est un conte merveilleux singulier et un jeu d'écriture fondé sur le *nonsense* ; comprendre à qui le texte s'adresse.

As-tu bien lu ?

1 Barre l'intrus placé dans chaque série.

a) Alice – Bill le Lézard – Dodgson – Laquais-Grenouille – Loir – Lori

b) champignon – gant – fiole – gâteau – éventail

c) bizarre – étrange – exceptionnel – fou – habituel

c) château – maisonnette – mare – puits – rocher – terrain de croquet

e) frère Jacques – père Guillaume – petit crocodile – voix du homard

Un conte merveilleux singulier

2 **a)** Quels indices montrent que ce récit est un conte ? Voici des pistes à explorer pour t'aider : le cadre spatiotemporel*, l'héroïne, les autres personnages, les objets, les péripéties, le dénouement*.

b) Alice grandit physiquement et moralement. Pourquoi ?

3 Quelles « merveilles » de cette histoire appartiennent au récit merveilleux ?

4 En quoi les aventures d'Alice sont-elles originales ? Coche les bonnes réponses et corrige les mauvaises.

- ☐ Il y a vraiment une logique à l'ordre des péripéties.
- ☐ Le bestiaire* du récit comporte à la fois des animaux fabuleux*, des êtres et des expressions personnifiés*.
- ☐ Alice est confrontée à des situations, à des personnages et à des conversations banales.
- ☐ Le conte peut se relire comme le rêve d'Alice.

Le langage, la pâte à modeler de l'écrivain

5 **a)** Qu'éprouve Alice au cours de ses conversations ? Coche les bonnes réponses et justifie-les par des exemples du texte.

Elle éprouve :

- ☐ de la joie
- ☐ de la peur
- ☐ de l'incompréhension
- ☐ de la colère
- ☐ de l'ennui
- ☐ du plaisir
- ☐ de la satisfaction
- ☐ de la fatigue

b) Le langage sert généralement à communiquer. Est-ce le cas dans le récit ? Pourquoi ?

6 **a)** Que dit Lewis Carroll à propos des « Antipathies » (p. 18) et des « jureurs » (p. 125) d'Alice ?

b) Quelle relation cherche-t-il à établir avec le lecteur ?

7 Comment Lewis Carroll divertit-il ses lecteurs ? Pour répondre, fais référence aux situations drôles mais aussi aux différents jeux de mots ou parodies*.

8 **a)** Selon toi, à qui s'adresse Lewis Carroll ?

- ☐ aux enfants
- ☐ aux adultes
- ☐ aux enfants et aux adultes

b) Pourquoi ?

Faire le bilan

9 Relis le dernier paragraphe du récit (p. 143). Quelles expressions renvoient à l'enfance ? Sont-elles mélioratives* ou péjoratives* ?

10 Explique comment le voyage au pays des merveilles peut permettre aux lecteurs adultes de faire vivre l'enfant qui est en eux.

Donne ton avis

11 Imagine un autre titre au livre de Lewis Carroll et explique ton choix.

À toi de jouer

12 Écris un poème acrostiche* à partir du prénom *Alice* ou à partir de *Lewis Carroll*.

Rétrécir pour mieux grandir : groupement de documents

OBJECTIF • Comparer plusieurs documents sur le thème du héros de taille minuscule dans les contes et récits merveilleux.

DOCUMENT 1 HANS CHRISTIAN ANDERSEN, *Poucette*, traduction de David Soldi, Librairie Hachette et Cie, 1876.

Poucette, une fillette minuscule, est enlevée par un crapaud qui veut la marier à son fils. Elle s'enfuit et trouve refuge chez une souris. Un jour d'hiver, elle trouve une hirondelle qui semble morte.

Ne pouvant dormir de toute la nuit, la petite Poucette se leva et tressa un joli tapis de foin qu'elle porta dans l'allée et étendit sur l'oiseau mort. Puis elle lui mit de chaque côté un tas de coton qu'elle avait trouvé chez la souris, comme si elle craignait que la fraîcheur de la terre ne fît mal au corps inanimé[1].

« Adieu, bel oiseau ! dit-elle, adieu ! Merci de ta belle chanson qui me réjouissait tant pendant la douce saison de l'été, où je pouvais admirer la verdure[2] et me réchauffer au soleil. »

À ces mots, elle appuya sa tête sur la poitrine de l'hirondelle ; mais aussitôt elle se leva tout effrayée, elle avait entendu un léger battement : il provenait du cœur de l'oiseau, qui n'était pas mort, mais seulement engourdi[3]. La chaleur l'avait rendu à la vie.

En automne, les hirondelles retournent aux pays chauds, et si une d'elles s'attarde en route, le froid la fait bientôt tomber à terre comme morte, et la neige s'étend sur elle.

1. **Inanimé** : qui ne bouge pas.
2. **Verdure** : la nature bien verte.
3. **Engourdi** : endormi.

Poucette tremblait encore de frayeur ; comparée à elle, dont la taille n'excédait pas[4] un pouce, l'hirondelle paraissait un géant. Cependant elle prit courage, serra bien le coton autour du pauvre oiseau, alla chercher une feuille de menthe qui lui servait de couverture, et la lui posa sur la tête.

La nuit suivante, se rendant encore auprès du malade, elle le trouva vivant, mais si faible que ses yeux s'ouvrirent à peine un instant pour regarder la petite fille, qui tenait à la main, pour toute lumière, un morceau de vieux bois luisant[5].

« Je te remercie, charmante petite enfant, dit l'oiseau souffrant ; tu m'as bien réchauffé. Dans peu, je reprendrai toutes mes forces et je m'envolerai dans l'air, aux rayons du soleil.

– Hélas ! répondit Poucette, il fait froid dehors, il neige, il gèle ; reste dans ton lit. J'aurai soin de toi. »

Ensuite, elle lui apporta de l'eau dans une feuille de fleur. L'oiseau but et lui raconta comment, ayant déchiré une de ses ailes à un buisson d'épines, il n'avait pu suivre les autres aux pays chauds. Il avait fini par tomber à terre, et, de ce moment, il ne se rappelait plus rien de ce qui lui était arrivé.

Pendant tout l'hiver, à l'insu[6] de la souris et de la taupe, la petite Poucette soigna ainsi l'hirondelle avec la plus grande affection. À l'arrivée du printemps, lorsque le soleil commença à réchauffer la terre, l'oiseau fit ses adieux à la petite fille, qui rouvrit le trou pratiqué[7] autrefois par la taupe.

4. **N'excédait pas** : ne dépassait pas.

5. **Luisant** : qui brille, le morceau de bois est donc enflammé.

6. **À l'insu de** : en cachette de.

7. **Pratiqué** : fait.

DOCUMENT 2 SELMA LAGERLÖF, *Le Merveilleux Voyage de Nils Holgersson*, Le Livre de poche jeunesse, Hachette jeunesse, 2008.

À cause de ses méchancetés, Nils, un jeune garçon, est réduit à une taille minuscule par un lutin. Profitant du passage des oies sauvages, il s'envole pour un long voyage dans toute la Norvège. Mais un renard capture l'une des oies.

Smirre le renard quitta la plaque de glace là où elle touchait la terre et, tandis qu'il grimpait péniblement le talus[1] de la berge[2], le garçon lui cria : « Lâche cette oie, canaille ! » Smirre se demanda qui pouvait crier ainsi, mais il ne perdit pas de temps à regarder derrière lui, et il détala[3] encore plus vite.

Le renard pénétra alors dans une forêt de hêtres[4] immenses et magnifiques, et le garçon l'y suivit sans s'attarder à la pensée du danger qu'il courait. Il brûlait d'envie de leur[5] montrer qu'un homme est quand même légèrement supérieur au reste de la création.

Il n'arrêtait pas de crier au chien de lâcher sa proie.

« Mais quelle sorte de chien es-tu donc pour oser voler une oie ? cria-t-il. Relâche-la immédiatement sinon tu vas voir la raclée que tu vas prendre ! Pose-la, sinon je dirai à ton maître ce que tu fais ! »

Quand Smirre le renard comprit qu'on le prenait pour un chien qui craint la trique[6], il trouva cela si ridicule qu'il faillit en perdre l'oie. Car Smirre était un fieffé brigand[7], qui ne se contentait pas de chasser les rats et les musaraignes[8] dans les champs, il était aussi suffisamment

1. **Talus** : pente.
2. **Berge** : bord de l'eau.
3. **Détala** : se sauva.
4. **Hêtres** : grands arbres à l'écorce lisse utilisés en menuiserie.
5. **Leur** : Nils veut le montrer à Smirre et à l'oie.
6. **Trique** : bâton.
7. **Fieffé brigand** : vrai bandit.
8. **Musaraignes** : petits mammifères insectivores avec des moustaches et des dents pointues.

audacieux[9] pour s'approcher des fermes et y voler poules et oies. Il se savait redouté dans toute la région. Jamais il n'avait entendu chose aussi ridicule depuis qu'il était petit renardeau.

Le garçon courait vite, et il gagnait du terrain sur Smirre. Enfin, il arriva si près de lui qu'il put lui saisir la queue.

« Maintenant, tu vas me la donner cette oie ! » cria-t-il en tirant de toutes ses forces.

Mais il n'était pas de taille à arrêter Smirre. Et le renard l'entraîna, faisant virevolter[10] les feuilles de hêtre sèches autour de lui.

Smirre, entre-temps, semblait avoir compris à quel point son poursuivant était inoffensif[11]. Il s'arrêta, déposa l'oie par terre et appuya sur elle ses pattes de devant pour l'empêcher de s'envoler. Il s'apprêtait à lui trancher la gorge, mais auparavant il ne put s'empêcher de taquiner le gamin.

« Cours appeler mon maître[12], parce que je vais la croquer son oie ! » dit-il.

On imagine la surprise du garçon lorsqu'il vit le museau pointu de ce chien qu'il avait poursuivi et entendit sa voix rauque[13] et furieuse. Mais en même temps il fut si outré[14] d'entendre le renard se moquer de lui, qu'il ne lui vint pas à l'idée d'avoir peur. Il agrippa plus fermement la queue, prit appui sur une racine de hêtre et, au moment où le renard ouvrait la gueule au-dessus de la gorge de l'oie, il tira brusquement de toutes ses forces. Smirre, totalement pris au dépourvu, se sentit reculer de plusieurs pas, ce qui permit à l'oie sauvage de se dégager, et de s'envoler lourdement.

9. **Audacieux** : téméraire, intrépide.

10. **Virevolter** : voler en tous sens.

11. **Inoffensif** : qui ne représente aucun danger.

12. **Mon maître** : Smirre se moque de Nils qui le prend pour le chien d'un fermier.

13. **Rauque** : grave et comme enrouée.

14. **Outré** : stupéfait et choqué.

DOCUMENT 3 Extrait de *Kirikou et les hommes et les femmes*, film de Michel Ocelot, septembre 2012.

As-tu bien lu ?

1 Quels rongeurs sont mentionnés dans les deux documents ?

2 Quel est l'intrus dans cette liste ? Explique pourquoi.
buisson – hêtres – fleur – foin – herbe – menthe

3 Associie les personnages aux expressions qui les désignent :

« charmante petite enfant » •	• l'hirondelle
un fieffé brigand •	• Nils
le garçon •	• Poucette
le malade •	• Smirre

Des héros minuscules face à la nature (documents 1 et 2)

4 Où se déroulent ces deux histoires ? Relève une expression qui le prouve dans chaque extrait.

5 **a)** En quelle saison se passent les récits ? Justifie ta réponse.
b) Est-ce un atout ou un inconvénient pour les héros ? Pourquoi ?

6 **a)** Quels dangers Poucette et Nils affrontent-ils ?
b) À qui viennent-ils en aide ?

7 Relève dans les extraits 1 et 2 les expressions qui caractérisent la personnalité des héros.

Des personnalités qui se révèlent

8 Complète le tableau.

	Cite trois traits de caractère	Expressions qui le prouvent
Poucette		
Nils		

9 Explique ce que font Poucette et Nils pour venir en aide aux autres.

10 Dans chaque extrait, la fin du récit est-elle positive ou négative ? Pourquoi ?

Lire l'image (document 3)

11 Où pourrait se passer cette histoire ? Pour répondre, décris le décor et les personnages.

12 Qu'est-ce qui oppose les personnages (âge, taille, tenue, attitude) ?

13 « On a souvent besoin d'un plus petit que soi. »
Explique le sens de cette morale (qui vient de la fable « Le Lion et le Rat », de Jean de la Fontaine) et montre en quoi elle est illustrée par l'image de *Kirikou et les hommes et les femmes*.

À toi de jouer

14 Tu as aimé ces histoires ? Choisis l'une d'elles et invente sa suite en une quinzaine de lignes. Raconte ce que devient Poucette, confronte Nils à Smirre ou imagine ce que voient Kirikou et son ami.

Donne ton avis

15 Malgré leur taille, Poucette, Nils et Kirikou savent se rendre utiles. Quels autres héros, issus de récits ou du cinéma, savent se rendre indispensables à leur entourage malgré leur taille ?

Dès leur parution en 1865, les aventures d'Alice connaissent un succès retentissant, au point qu'elles seront traduites en 42 langues ! Incroyable réussite que Lewis Carroll doit à son inventivité et à sa singularité. Cependant, il ne faut pas sous-estimer le rôle des images qui ont donné corps à Alice et au pays des merveilles.
Quels artistes se sont intéressés à Alice et pourquoi ? Comment l'illustration, le cinéma et même la musique se sont emparés de l'œuvre de Lewis Carroll ?

Alice au pays des images

1 Un récit illustré dès sa création 172
2 Alice inspire le monde de l'illustration 174
3 Du récit illustré au film d'animation 177
4 Du théâtre au cinéma 180

L'ENQUÊTE EN 4 ÉTAPES

1 Un récit illustré dès sa création

Dès l'origine, l'histoire d'Alice est agrémentée d'illustrations. Jamais Lewis Carroll ne sépare texte et image, lui qui pratique le dessin toute sa vie et réalise des clichés jusqu'en 1880.

• DE LEWIS CARROLL À JOHN TENNIEL

Dès son enfance, Lewis Carroll distrait sa famille par sa créativité. Il réalise des journaux qu'il illustre lui-même, comme il le fait avec le premier manuscrit[1] d'*Alice au pays des merveilles*, offert à Alice Liddell. Cependant, lors de la publication en 1865, Carroll choisit les dessins de John Tenniel, un caricaturiste[2] anglais très célèbre à l'époque, qui contribue au succès du livre et sert de référence[3].

• LA PHOTOGRAPHIE, UNE AUTRE PASSION

L'année où Charles Lutwidge Dodgson devient Lewis Carroll (1956), il découvre la photographie, art alors récent. Précurseur[4], Lewis Carroll photographie des centaines de modèles, surtout des fillettes qu'il travestit, mêlant ainsi la représentation de la réalité et la fantaisie du déguisement. Il fera de nombreux portraits des enfants du doyen de son collège, dont Alice. En 1880, il abandonne pourtant brutalement cette passion.

La composition

C'est le fait d'organiser les éléments sur une image. On les fait ressortir par des lignes de force (lignes verticales, horizontales, obliques) ou des formes (carrées, triangulaires, arrondies).

1. Manuscrit : texte écrit à la main.
2. Caricaturiste : dessinateur qui exagère des détails physiques d'une personne.
3. Voir les illustrations pages 4 à 7.
4. Précurseur : pionnier, l'un des premiers dans un domaine précis (ici la photographie).

Histoire des arts

Observe l'image ci-contre.

1. Présentation et contexte

a) Indique le titre, la date et la nature de ce document (peinture, sculpture, etc.).

b) Qui est représenté ? Pourquoi ces modèles sont-ils particuliers ?

2. Observation

a) Où se passe la scène ?

b) Fais le relevé précis des objets et accessoires.

3. Interprétation

a) Souligne la phrase qui explique la tenue des fillettes.

b) Comment sont-elles mises en valeur (accessoires, position, formes) ?

c) Observe leur regard. Que constates-tu ?

d) Quel est le but de cette image ?

☐ Représenter le quotidien des deux fillettes.

☐ Capter l'attention du spectateur.

☐ Souligner la composition de la photographie.

Lorina et Alice Liddell en costumes chinois, photographiées par Lewis Carroll.

2 Alice inspire le monde de l'illustration

De même que la jeune Alice Liddell est la muse[1] de Lewis Carroll, le personnage d'Alice constitue une source inépuisable d'inspiration pour les dessinateurs, de 1907 à nos jours.

● ARTHUR RACKHAM DONNE VIE AU PAYS DES MERVEILLES

Comme Lewis Carroll, Arthur Rackham est élevé dans la stricte société victorienne[2] qu'il fuit en dessinant un univers féerique. La publication des illustrations d'*Alice* en 1907 constitue sa première réussite, d'autant plus qu'elle crée une polémique[3] entre les défenseurs de Tenniel et le public populaire de Rackham, qui dira : « Votre délicieuse Alice est vivante et rend, par contraste, l'Alice de Tenniel rigide comme une poupée de bois. »

Alice chez les surréalistes

Le rêve, thème cher aux surréalistes, est au cœur du récit de Carroll, ce qui explique l'intérêt que lui ont porté les écrivains André Breton et Louis Aragon, qui traduit même Lewis Carroll. En 1969, le peintre Salvador Dali illustre les douze chapitres du livre lors d'une réédition.

● LES ILLUSTRATEURS ANGLAIS DU XIXe AU XXIe SIÈCLE

Rackham ouvre la voie à plusieurs illustrateurs de son époque : Marie Lucie Attwell (1910), Margaret W. Tarrant (1916) ou Gwynedd M. Hudson (1922). Plus récemment, Ralph Steadman (prix du meilleur livre illustré pour *Alice* en 1972, voir p. 35), Anthony Browne (1989), Helen Oxenbury (1999) et Frances Broomfield (2003) ont dessiné les aventures d'Alice.

1. Muse : inspiratrice d'un artiste ou d'un écrivain.

2. Victorienne : époque de la reine Victoria.

3. Polémique : débat assez tendu.

Alice suit le Lapin dans une salle aux multiples portes.
Illustration d'Anthony Browne (1989).

● LES FRENCHIES RÉINVENTENT ALICE

Alice séduit également les illustrateurs français actuels. Employant des techniques variées (dessin, gravure, peinture), enrichis d'influences diverses (Art nouveau, surréalisme, photographie), Nicole Claveloux (voir p. 85), Alain Gauthier, Thomas Périno ou encore Rébecca Dautremer s'approprient le pays des merveilles.

Les plans et la profondeur de champ

Les plans *sont les différentes parties de l'image qui suggèrent un espace. Le premier plan semble le plus près de nous, le second plan est derrière le premier, etc. Le dernier plan est appelé arrière-plan.*
La profondeur de champ *dépend de la distance entre les plans. Plus on a l'impression que la distance entre le premier plan et l'arrière-plan est grande, plus le champ est profond.*

Histoire des arts

Observe les illustrations p. 175 et en 2e de couverture.

1. Présentation et contexte
Quel passage du livre est évoqué dans chaque illustration ? Justifie ta réponse.

2. Observation
a) Décris précisément le décor et les personnages.
b) La profondeur de champ te paraît-elle importante sur ces illustrations ? Pourquoi ?

3. Interprétation
a) Quels sont les effets produits par la profondeur de champ ? Justifie ce que tu coches.
☐ Alice est mise en valeur.
☐ Alice est à l'aise dans un lieu rassurant.
☐ Alice est isolée un lieu inquiétant.
b) Selon toi, John Tenniel a-t-il influencé Rackham et Browne ? Justifie ta réponse en comparant avec les illustrations p. 4 à 7.

3 Du récit illustré au film d'animation

Du dessin illustré au dessin animé, il n'y a qu'un pas que les studios Disney s'empressent de franchir. Après tout, la planche[1] d'une bande dessinée n'est-elle pas le storyboard[2] d'un film ?

● ALICE ET LA LANTERNE MAGIQUE

En 1876, le metteur en scène George Buckland demande à Lewis Carroll l'autorisation de monter un spectacle. Il emploie le procédé de la lanterne magique : il s'agit d'un appareil qui projette sur un écran des images peintes sur verre, qui sont fixes ou mobiles si l'on superpose des verres. Buckland utilise un écran de huit mètres de haut et trente plaques de couleurs pour la toute première projection d'Alice.

Plaques de lanterne magique.

1. Planche : page d'une bande dessinée comportant plusieurs vignettes (cases).

2. Storyboard : dessins du scénario sous forme de vignettes pour préparer le tournage d'un film.

• DU COURT-MÉTRAGE AU LONG-MÉTRAGE

En 1923, Walt Disney, débutant, réalise les *Alice Comedies*, une série de courts-métrages[3] muets, en noir et blanc. Dans le premier épisode, *Alice's Wonderland*, l'héroïne entre dans un studio de dessin animé où les personnages prennent vie. Il faudra attendre 1951 pour que sorte *Alice au pays des merveilles*, long-métrage[4] devenu célèbre, véritable réussite graphique qui pourtant ne satisfera ni ses créateurs, ni ses spectateurs. Difficile de succéder à Lewis Carroll !

Alice influence le cinéma

Après Disney, de nombreux dessins animés reprennent Alice. Mais seuls ceux qui s'en inspirent librement produisent de réelles réussites telles *Le Voyage de Chihiro* (de Hayao Miyazaki, en 2001), où l'héroïne découvre un pays étrange dans lequel elle rentre par un tunnel, ou encore *Coraline* (d'Henry Selick d'après le roman de Neil Gaiman, 2009), l'histoire d'une fillette qui s'ennuie et rentre par une petite porte cachée dans un univers joyeux qui devient inquiétant.

Alice au pays des merveilles, *studios Disney, 1951.*

3. Court-métrage : film qui ne dure pas plus de vingt minutes.
4. Long-métrage : film de plus d'une heure.

L'échelle des plans

C'est lorsqu'on fait varier la taille d'un élément à l'intérieur du cadre : on le filme de loin ou de très près. **Décor** : le plan d'ensemble (ou général) présente le lieu et les personnages dans un cadre très large ; le plan de demi-ensemble (ou d'ensemble) situe les personnages dans le décor. **Personnages** : le plan moyen cadre le personnage de la tête aux pieds ; le plan américain à mi-cuisse (référence à l'arme du western) ; le plan rapproché à la taille ou à la poitrine ; le gros plan une partie du corps (visage).

Histoire des arts

Observe l'image p. 178.

1. Présentation et contexte

a) Ce plan est-il extrait d'un court-métrage ou d'un long-métrage ? Justifie ta réponse.

b) Situe cette image dans le récit.

2. Observation

Quels personnages du livre reconnais-tu ? Décris-les.

3. Interprétation

a) De quel plan s'agit-il ?

☐ gros plan

☐ plan américain

☐ plan de demi-ensemble ou d'ensemble

b) Quel est l'effet produit par ce plan ?

c) Le personnage de la Reine de Cœur te paraît-il amusant ou inquiétant ? Justifie ta réponse.

4 Du théâtre au cinéma

Comme le film d'animation, le théâtre puis le septième art[1] s'emparent d'Alice. De nombreux films la mettent en scène avec plus ou moins de succès, donnant à l'héroïne une multitude de visages.

● L'ADAPTATION THÉÂTRALE

En 1872, Lewis Carroll fait adapter[2] son récit au théâtre pour ne pas perdre ses droits d'auteur sur les futures représentations théâtrales. Elles auront lieu dès 1886 au théâtre Prince of Wales, puis en 1888 au Globe Theatre, à Londres.

Isa Bowman en Alice et Emmie Bowman en souris dans une représentation théâtrale.

Le mélange des genres

Soucieux de se libérer de l'influence de Tenniel, plusieurs réalisateurs créent des adaptations originales mêlant les prises de vue réelles et l'animation : c'est le cas de Lou Bunin, Dallas Bower et Marc Maurette en 1948, puis du tchèque Jan Švankmajer, primé pour le Meilleur film d'animation au Festival d'Annecy de 1989.

● ALICE AU CINÉMA

Les premières adaptations d'*Alice au pays des merveilles* sont muettes, en noir et blanc (celle de Cecil Hepworth et de Percy Stow date de 1903, celle de W.W. Young de 1915). En 1933, Alice accède au cinéma parlant avec le réalisateur Norman Mc Leod, dont les

1. Septième art : expression désignant le cinéma.

2. Adapter : les dialogues sont réécrits avec des indications de mise en scène.

costumes s'inspirent de Tenniel. Malgré un échec commercial, ce premier long-métrage est célèbre en raison de la notoriété[3] des acteurs Cary Grant et Gary Cooper. Depuis, bien des films ont eu pour héroïne Alice, le plus récent étant celui de Tim Burton qui parvient à entremêler son univers singulier à celui de Lewis Carroll, distillant fantaisie et parodie, à la frontière du rêve et du cauchemar.

Les couleurs

Le bleu cyan, le jaune et le rouge magenta sont les couleurs primaires. Leurs complémentaires sont le rouge, le violet et le vert, qui sont les couleurs opposées. L'emploi des deux crée un contraste[4] qui souligne les éléments d'une image.

Histoire des arts

Observe l'image en troisième de couverture.

1. Présentation et contexte

a) De quel type de document s'agit-il ?

b) De quand date-t-il ?

2. Observation

a) Décris les personnages et le décor.

b) Quelles couleurs sont utilisées ? Sont-elles complémentaires ?

3. Interprétation

a) Quels éléments appartiennent au rêve ? au cauchemar ?

b) Quel rôle les couleurs jouent-elles ?

☐ Elles créent des correspondances entre les éléments de l'image.

☐ Elles font ressortir les personnages dans le décor.

☐ Elles donnent de la gaieté à l'histoire.

☐ Elles soulignent le mélange entre rêve et cauchemar.

3. Notoriété : les acteurs sont connus.

4. Contraste : opposition forte.

Petit lexique du récit

Acrostiche	Poème dont les initiales des vers, lues à la verticale, forment un mot.
Anagramme	Jeu sur un mot : en changeant l'ordre des lettres, on en trouve un autre (ex : « niche » et « chien »).
Bestiaire	Ce mot vient des récits du Moyen Âge qui présentaient des animaux dont les aventures servaient de leçon. Plus généralement, c'est une œuvre d'art qui met en scène des animaux.
Cadre spatio-temporel	Cela renvoie aux lieux et à l'époque d'une histoire.
Calembour	Jeu sur des mots à double sens ou sur des mots différents qui se prononcent presque de la même façon.
Calligramme	Poème dont les mots forment un dessin (voir exemple p. 39 à 41).
Champ lexical	Ensemble des mots qui se rapportent à un même thème, à un même sujet.
Classe sociale	C'est le fait de classer les personnes d'une société en fonction de leur niveau de vie, de leur métier, de leur instruction.
Comparaison	Deux éléments différents sont comparés pour établir une ressemblance entre eux à l'aide d'un outil de comparaison (« comme » en général).
Contemporain	Qui vit à la même époque que quelqu'un d'autre. Cela se dit en général de l'époque actuelle.
Dénouement	Fin du récit. Le héros parvient au bout de sa quête, son histoire s'achève généralement de façon positive.
Fabuleux	Ce qui est fabuleux renvoie aux légendes, aux mythes et aux récits merveilleux.
Homonymes (homonymie)	Mots ayant la même prononciation et/ou la même orthographe mais de sens différents.
Hybride	Mélange de deux espèces.
Implicite	Remarques non formulées, sous-entendues, que l'on comprend à partir de ce qui se passe dans le récit.

Interlocuteurs	Personnes qui parlent entre elles.
***Mélioratif* (*fém.* mélioratif)**	Mot qui donne une image positive de ce dont on parle.
Narrateur	Celui qui raconte l'histoire. À la première personne c'est un personnage, à la troisième personne c'est un narrateur externe. Dans ce cas, il peut exprimer l'opinion de l'auteur.
Néologisme	Mot qui n'existe pas, inventé à partir de deux autres mots ou à l'aide de leur composition (préfixe, radical, suffixe), ex : terrorifier (à partir de « terroriser » et « terrifier »).
Onirique	Adjectif qui signifie « du rêve ».
***Parodie* (*verbe* parodier)**	C'est un texte qui en imite un autre bien connu en le modifiant de façon humoristique pour divertir le lecteur.
Paronymes	Deux mots qui ont des sonorités proches (ex : « attention » et « intention »).
***Péjoratif* (*fém.* péjorative)**	Mot qui donne une image négative de ce dont on parle.
***Personnification* (*verbe* personnifier)**	C'est lorsqu'on donne des caractéristiques humaines (parole, sentiments, habitudes) à des animaux ou à une chose abstraite (le ciel, une saison, etc.).
Sens propre, sens figuré	Le sens propre est le sens le plus courant d'un mot, c'est souvent son sens concret (par exemple, le sens propre de « cœur » est l'organe du corps). Le sens figuré est le deuxième sens, sens imagé et abstrait d'un mot, c'est souvent une expression (par exemple, un « cœur d'or » désigne quelqu'un de très généreux).
Syllogisme	Raisonnement en trois parties. La dernière, la conclusion, est déduite à partir des deux premières (voir exemple p. 75).

À lire et à voir

● D'AUTRES RÉCITS DE LEWIS CARROLL

Alice de l'autre côté du miroir
Traduction de Michel Laporte
HACHETTE JEUNESSE, 2010

Alice retourne au pays des merveilles par le biais d'un miroir. Là, tout est inversé et il lui faut traverser un échiquier. Alice rencontre des fleurs et un œuf qui parlent, ainsi que la Reine blanche et la Reine rouge.

La Chasse au snark
Traduction de Jacques Roubaud
FOLIO, 2010

Ce récit sous forme de poème raconte la chasse d'un animal fabuleux, le Snark. On y retrouve le *nonsense* cher à Lewis Carroll. La fin est tout aussi déroutante.

● DES ALBUMS SUR *ALICE AU PAYS DES MERVEILLES*

Ces albums proposent des illustrations originales du récit de Lewis Carroll et renouvellent celles de John Tenniel.

Lewis Carroll, illustrations d'Helen Oxenbury, traduction d'Henri Parisot
Alice au pays des merveilles
FLAMMARION-PÈRE CASTOR, 2000

Une version gaie et aux couleurs pastel, adaptée aux tout-petits. Alice, vêtue d'une courte robe bleue, y apparaît facétieuse et pleine d'optimisme.

Lewis Carroll, illustrations d'Anthony Browne

Alice au pays des merveilles

Kaléidoscope, 2003

Un album superbe, qui propose des images où mille détails séduiront le lecteur. Des couleurs vives et un dessin parfaitement maîtrisé en font une des plus belles versions illustrées.

Lewis Carroll, illustrations de Rébecca Dautremer

Alice au pays des merveilles

Gautier-Languereau, 2010

Cette Française s'inspire des photographies de Lewis Carroll pour composer chacune des pages de l'album. D'ailleurs Alice a les traits d'Alice Liddell. L'univers dans lequel elle évolue glisse doucement vers une inquiétante étrangeté.

● LES DESCENDANTS D'ALICE

Selma Lagerlöf

Le Merveilleux Voyage de Nils Holgersson

Livre de poche jeunesse, Hachette jeunesse, 2008

Nils est un méchant garçon. Il maltraite les animaux de sa ferme, désobéit à ses parents et joue des tours à un lutin. Pour se venger, celui-ci le réduit à une taille minuscule. Nils décide alors de suivre Martin, le jars de sa ferme, qui s'envole aux côtés des oies sauvages dans toute la Norvège. La vie à leurs côtés va le changer.

James Matthew Barrie

Peter Pan

Librio, 2003

Peter Pan ne veut pas grandir. Justement, dans le pays imaginaire, où il vit, le monde de l'enfance fait loi. Il n'hésite pas à affronter une tribu d'Indiens ou encore d'affreux pirates, comme le Capitaine Crochet.

Lyman Frank Baum
Le Magicien d'Oz
Librio, 2003

Dorothy vit au Kansas, aux États-Unis. Un jour, un cyclone dévaste sa maison et l'emporte dans un monde incroyable, celui d'Oz. Elle y rencontre un lion, un épouvantail et un bûcheron en fer blanc. L'un aimerait avoir du courage, l'autre un cerveau et le dernier un cœur. Dorothy les accompagne dans leur quête.

● DES SITES POUR LES PLUS CURIEUX

www.bibliotheque-rennesmetropole.fr/agenda-culturel/expositions/les-archives-des-expositions/images-d-alice-au-pays-des-merveilles
Images d'Alice, au pays des merveilles

Après une exposition dédiée aux images d'Alice, le site de la bibliothèque de Rennes propose une exposition virtuelle qui permet de (re)découvrir les toutes premières mises en image d'Alice jusqu'aux derniers albums édités sur le personnage.

www.larevuedesressources.org/-lewis-carroll,006-.html

Ce site propose une série d'articles intéressants et variés sur Lewis Carroll et ses relations avec ses « amies-enfants », dont Alice bien sûr. En prime, de nombreuses photographies de Carroll.

● LES ADAPTATIONS D'ALICE AU CINÉMA

Alice au pays des merveilles
Film des studios Disney (1951)

Les personnages ne sont pas sans rappeler ceux de John Tenniel. Fruit d'un long travail, ce film d'animation, bien qu'inégal, permettra aux plus jeunes de rentrer dans l'univers d'Alice. Il offre une description amusante des personnages du livre.

Alice au pays des merveilles
Film de Tim Burton (2010)

Tim Burton, à l'univers si particulier, réussit-il à adapter le singulier Lewis Carroll ? À vous de juger. Cette version, qui mêle *Alice au pays des merveilles* et *De l'autre côté du miroir*, explore les aspects sombres de Carroll et offre une vision flamboyante du mythe d'Alice.

● LES AVATARS D'ALICE AU CINÉMA

Le Magicien d'Oz
Comédie musicale de Victor Fleming (1939)

Sorti en même temps que le livre dont il a été adapté, le film rendra célèbre Judy Garland, l'interprète de Dorothy. C'est l'un des films les plus connus au monde, il fait partie de la culture populaire américaine.

Le Voyage de Chihiro
Film d'Hayao Miyazaki (2001)

Chihiro a les mêmes problèmes qu'Ulysse : ce ne sont pas ses compagnons mais ses parents qui sont transformés en porc. Pour que tout redevienne normal, Chihiro est obligée de s'intégrer dans un monde étrange. Elle travaille pour la sorcière Yubaba et est aidée d'Haku, un mystérieux jeune homme.

Coraline
Film d'animation en volume d'Henry Selick (2009)

Coraline s'ennuie. Elle vient de déménager et ses parents sont trop occupés pour s'intéresser à elle. Une nuit, elle découvre une petite porte cachée dans le mur. En la franchissant, elle trouve un univers conforme au sien : ses parents et ses voisins sont les mêmes, mais tous redoublent d'attentions pour elle. Un détail, un seul, l'interpelle : leurs yeux sont des boutons ronds et noirs cousus au visage.

Table des illustrations

Plat 2	Coll. Archives Hatier
Plat 3	Coll. Christophel © Walt Disney Pictures
2 et 173	ph © Morris L. Parrish Collection. Manuscripts. Division. Department of Rare Books and Special Collections. Princeton University Library
7h	ph © National Media Museum / SSPL / Getty Images
8	ph © Mary Evans Picture Library / Photononstop
35	© Ralph Steadman 2013. All rights reserved worldwide.
41	ph © British Library Board / Robana / Leemage
47	ph © Mary Evans Picture Library / Photononstop
61	ph © British Library Board / Robana / Leemage
85	© Nicole Claveloux
149	ph © National Media Museum / SSPL / Getty Images
168	© 2012 Les Armateurs / Mac Guff Ligne / France 3 Cinéma / Studio O
175	© Editions Kaléidoscope, 1989
177	© Bill Douglas center
179	© Disney 1951
180	ph © Mary Evans Picture Library / Photononstop

4, 5, 6, 7b, 10, 74, 97, 109, 128, 141, 144 Coll. Archives Hatier

Suivi éditorial : Anne Peeters
Principe de maquette : Marie-Astrid Bailly-Maître & Sterenn Heudiard
Mise en pages : Facompo
Iconographie : Hatier Illustration

* Rediger un rêve farfelu avec 2 ou 3 aventures - 2 perso. bizarres etc.
* L'oiseau bleu ?
* ap. 1 chap. contes © classiq ?

Hatier s'engage pour l'environnement en réduisant l'empreinte carbone de ses livres. Celle de cet exemplaire est de :
450 g éq. CO_2
Rendez-vous sur www.hatier-durable.fr

PAPIER À BASE DE FIBRES CERTIFIÉES

Achevé d'imprimer par Grafica Veneta à Trebaseleghe - Italie
Dépôt légal : 96661-3/01 - Mars 2013